安·兰德的
小说写作课

THE ART OF FICTION
A GUIDE FOR WRITERS AND READERS

[美]安·兰德 ===== 著

熊亭玉 ===== 译

九州出版社
JIUZHOUPRESS

引　言

1958 年，安·兰德在自家客厅开办了一系列非正式讲座，这本书是由这些讲座编辑而成的。那一年是《阿特拉斯耸耸肩》（*Atlas Shrugged*）出版的第二年，作为小说家，安·兰德的名声如日中天。

应"大家的热情要求"，她给大约 20 个朋友和熟人上了这门课。她讲课是即兴发挥，只有几条手写的笔记来注明要讲的话题。讲座一共 12 场，包括提问和讨论，每次讲座大约 4 个小时。

前来听课的学生分为两类：想要成为作家的年轻人，还有各行各业的小说读者。现在，这本书针对的读者群也是这两种类型。

第一类读者的目标明确而实际：想多了解写作中的问

题和技巧。严格说来，第二类读者是消费者，我自己也是他们中的一员，我们想要增加阅读的乐趣。我们想要从大师那里了解小说中有什么，这些东西从何而来，我们想要知道创作者如何写出我们喜欢（或讨厌）的故事。我们并不满足于了解一本书完成后的样子，我们想听一听安·兰德分析写作一本书时引发的快乐（或痛苦），听她解释这些效果是如何达成的。

安·兰德认为虚构作品有四大基本元素——主题、情节、人物塑造和风格，所以这些讲座也是围绕这几个主题来安排的，她重点强调的部分是情节和风格。

说到情节，安·兰德不仅指出了它的本质和结构，还指出了它与主题以及"情节主题"之间的重要关系，"情节主题"是安·兰德自创的一个重要概念。为了具体说明自己的理论，她分析了很多情节，其中一些是她为了这门课创作出来的，她解释了是什么造就了好情节，什么造就了不好的情节，还解释了用什么方法可以逐步提升、改善不好的情节。

这本书最精彩的部分是对风格的讨论，差不多占了半本书的篇幅。安·兰德逐句分析了数位作者作品的选文（其中有描述爱情、自然或纽约城的内容）。她把不同的作者放在一起，重写某些句子，指出了几种对立的文学风格的本质，在这一过程中展示了不同措辞对同一场景（和对读者）有什么不同的作用。提及的作者有维克多·雨果、辛克莱·刘易斯、托马斯·沃尔夫、米基·斯皮兰，也有安·兰德本人。她重写了自己的句子，让大家惊讶地发现，看似微小的变化也能够改变原来的艺术效果，甚至形成完全相反的艺术效果。

　　这本书还有其他精彩的话题，此处我只能点到为止。安·兰德解释了如何为潜意识做储备，从而创造出作者的"灵感"。写东西的时候，感觉堵住了，用安·兰德的话说就是遇到了"辗转"的状态，该怎么办？她也给出了解释。她讨论了戏剧和情节剧的区别，怎样才能塑造有识别度的人物，怎样刻画人物才能深刻，"告诉类型"的作者和"展示类型"的作者有什么区别，善意的幽默与恶意的幽默的本质，作为作者应该如何处理（作为读者应该如何评价）幻想、悲剧、倒叙、阐述、俚语、比喻等等。

　　安·兰德非常善于从哲学角度发现问题。虽然这门课程聚焦于文学原则，但也指出了相关的最深层次的哲学问题。比如，思维和肉体的问题、自由意志决定论的争论、应该主张理智还是主张信仰等，这些都是抽象的问题，但它们实际上在很大程度上影响了虚构作品的作者，决定了作者对事件的选择、人物刻画的方式，甚至是遣词造句。

对哲学不了解的读者可能会对此感到惊讶。

安·兰德的美学作品《浪漫主义宣言》(*The Romantic Manifesto*),也部分源于这次讲座。但是,《浪漫主义宣言》主要是谈论整体的艺术,与这本书内容上几乎没有重合之处。而这本书恰恰是客观主义美学的延伸之作,是《浪漫主义宣言》的珍贵补充。这本书的大部分内容是独一无二的,是在安·兰德的其他作品中找不到的。

托雷·伯格曼的编辑工作非常出色。我交给他的这份工作极为困难:向我们忠实地展现安·兰德的风格——观点和措辞不能变,不能别扭、不能有重复、不能有含混之处、不能有即兴演讲中的语法漏洞。伯格曼先生极为出色地完成了这项工作。我本人核对了终稿的每一句话。偶尔,我会发现句子中不必要的删减造成了语义的细微差别(这些地方已经补充上了)。但是,伯格曼先生没有遗漏、夸大或误读安·兰德的观点,即便是那种最微不足道的情况也没有。伯格曼先生在讲稿的基础上,完成了不可能完成的任务:将口语转换为书面语,准确无误地再现安·兰德的观点和语言。我相信,这是唯一能让安·兰德本人满意的出版稿。

如果有人想核实伯格曼先生的编辑工作是否准确,可以对照安·兰德讲座的录音磁带,这份磁带可以在位于新米尔福德西街 143 号的第二次文艺复兴图书公司查到，公司的邮编是 06776。

讲座过了数十年后，我第一次读到这份手稿，惊讶地发现，其中很多内容我已经忘记了。我本想怀旧地过一遍熟悉的材料，但发现自己不断被安·兰德独特的洞见和生动的解说吸引。文章的语言和激情不断让我想起安·兰德本人不可模仿的个性，我深为感动。

现在，你也可以感受到在安·兰德的客厅里听讲座的快乐。你不能像我当年那样向她提问，但是，你可以从她的答案中汲取养分。

如果你不了解安·兰德的客观主义哲学，她的一些观点可能会让你非常惊讶。但是，我确信，你绝对不会感到无聊。我认为你会因为阅读这本书而受益。

如果你认同安·兰德的哲学，阅读这本书就是享受。

伦纳德·培可夫 [1]

加利福尼亚州，欧文市

1998 年 9 月

_____

[1] 伦纳德·培可夫（Leonard Peikoff, 1933—），加拿大裔美国哲学家，是安·兰德的亲密伙伴。——编者注

编者序

安·兰德准备小说写作讲座时，每次课只有一两页纸，上面写了一些简短的笔记。比如，这本书第一章是她第一堂讲座的内容，她当时的笔记只有两句话："有'天生的文学才能'这种东西吗？""小说写作中意识和潜意识的关系。"

考虑到安·兰德讲座即兴的性质，录音记录稿在出版前必须编辑。我编辑的目的是：使稿件达到书面文章的简洁、通顺和准确。所用手段主要是删减、重新组织和编辑语言。

总体而言，安·兰德在《浪漫主义宣言》中谈过的问题，我在本书中就删掉了。其他删减的主要是口语交流中典型（却恰当的）的重复部分。安·兰德经常用稍微不同的措辞陈述几次观点，以便让听众充分明白她的观点。这种情况下，我选择我认为最好的表达组合。

总体而言，这本书遵循的是安·兰德讲座的结构框架。但在这个大框架里，我进行了很多小调整，目的是把相关观点结合起来，或使论证过程更有逻辑。还有，本书章节是按素材的逻辑顺序划分的，并不是按安·兰德讲座的顺序安排的，相关素材穿插在她的讲座中。（章节标题和分章的题目是我拟的。）

1959 年初，安·兰德办了一次讲座。那次讲座是这门课程的补充，其内容也被融入了这本书中（主要在第四章）。她在 1969 年的非虚构写作课程中对虚构写作有一些评论，这些评论也收入了这本书。感谢罗伯特·梅休，他提醒我还有这些素材。另外，安·兰德所提到的小说段落（她自己的或辛克莱·刘易斯的），有些地方我补充了相关引文。

我编辑、插入了为数不多的几处文字，全部用方括号标注，圆括号里的内容是安·兰德本人的题外话。

有关编辑工作，主要是删掉了不必要的词，重新安排从句的顺序，改换动词的时态，等等。在原稿语法、语境清晰的情况下，（为了完整表达观点）我增添了一些必需的词；在同一语境之下，为了句子的准确和精简，我也改动了一些词。但是，我从未用自己的语言重新组织过任何一个观点。我确信，我所做的改动绝对没有改变安·兰德本来的意思。

然而，读者一定不要忘了，这本书并非安·兰德本人编辑的。还有一点也不要忘了，这本书的原始素材是即兴讲座。

在第八章中，安·兰德比较了她本人那严谨准确的风格与维克多·雨果的风格。雨果是她最喜爱的作家。安·兰德借用绘画做比喻，说："他的画笔更为粗犷，更为'印象派'；我的画笔并没有刻意追求细腻，但如果有人用显微镜来观察我的笔触，就会发现画笔的每一根毫毛都自有安排。"

从这一角度而言，现在这本书的风格可以说更为雨果化，而非兰德化。这里的笔触的确代表了安·兰德的观点，但每根毫毛的安排不一定是她的意思。

　　　　　　　　　　　　　　　　　托雷·伯格曼

目　录

第一章　写作和潜意识

假设你开始写故事，头一句描写日出。仅仅这么一个句子，遣词造句就必须有大量的知识储备，而且意识必须自动运行，达到不需要停下来思考的程度。

语言是必须学习才能掌握的工具，刚出生的时候，你并不懂语言。你第一次了解到某个物体是桌子，**桌子**这个词并不会自动进入你的脑海。你重复了很多遍，才习惯了这个词。在学习外语的时候，自动跳入你脑海的依然是母语单词。你需要多次重复，才能毫不费力地调用外语单词。

在坐下来写作之前，语言于你应该是自然而自如的，遣词造句不需要搜肠刮肚。否则，你就是在为难自己。

你描写日出，想要传达一种氛围，比如，不祥的氛围。这就不同于描写明快氛围的日出，你需要不同的词汇。那么，在能力范围之内，你有多少知识来区分这两种不同的目的呢？什么是不祥？什么是明快？什么样的概念、词语和比喻能分别表达这两种不同的氛围？这些都曾是你显意识层面的知识。然而，如果你要有意识地选择词汇，有意识地考虑营造氛围的所有因素，你就得翻遍整部词典来选择开头的词，然后再逐一考虑下面的词，而且还得考虑表达这种氛围的所有可能性。如此一来，耗尽一生你都不一定能写出这句话。

那么，你如何在符合自己水平的合理时间内描写得当，达到目的呢？那就要调动已经能够自动运行的储备知识。

显意识展示出来的东西非常有限。无论何时，显意识就只能装下这么多东西。比如，你们现在全神贯注地听我说话，没去想自己的价值观、家庭或过去的经历。然而，你没有想的东西还是储存在你脑子的某个地方。那些没有出现在显意识里的东西，就是你的潜意识。

为什么婴儿听不懂我们的讨论呢？因为他没有知识储备。是否能充分理解意识对象，取决于潜意识中已有的知识储备。

我们经常说"灵感"，也就是说，你不太清楚为什么要这么写，但写出来就是挺好的，这是为什么呢？其实就是潜意识总结了你设定的前提和目的。所有的作者都必须依靠灵感，但你必须明白灵感的来源、灵感的起因，以及如何找到灵感。

所有的作家都需要依靠自己的潜意识。你必须知道如何与自己的潜意识合作。

但我们看到的却恰恰相反。大多数作家甚至无法解释自己为什么选择写某个故事，更说不清应该采取哪种写作方式。实际上，他们采取了中世纪最糟糕的神秘主义的态度。你们很有可能听说过这一神秘配方："对明白人，无须解释；对不明白的人，解释也没用。"这是宗教神秘主义的口号，也是艺术神秘主义的口号。这句话的意思很简单："我不知道我为什么这样做，我也不打算解释。"

如果你不想沦落到如此境地，就必须知道自己的目标和具体的文学前提。仅仅了解大致情况，再加几个具体的例子，这是不够的。你需要有足够多的例子，这样前提的所有意义都能自动运行。透彻地理解前提，将前提与它所代表的具体例子完全整合，将其储存在潜意识中，使其成为自己写作资本的一部分。如此，你坐下来写作之时，不必有意识地事事慢慢斟酌。你的知识储备到什么程度，灵感就到什么程度。

要描写日出，你必须非常清楚自己的"日出"是什么含义，其中包含了哪些元素，你看过哪些日出，你想要渲染出什么样的气氛，为什么要渲染这样的气氛，以及什么样的词语可以渲染出这种气氛。如果这一切你都很清楚，写起来就很容易。如果有些方面不清楚，那就要困难一些。如果完全不清楚，只在潜意识中有一些"漂浮不定的抽象概念"（没有与具体例子相关），你就只能坐在那里，瞪着空白的稿纸发愣。你觉得脑子一片空白，因为那里本来就是一片空白。

因此，作家必须知道如何利用自己的潜意识，让自己的显意识来利用潜意识，就好比尤尼瓦克（早期计算机的名字）。尤尼瓦克是计算机，但它必须依靠人类的输入和编程才能给出答案。你的潜意识好比是计算机，你必须让自己的显意识成为操作计算机的人：你必须清楚自己在潜意识中储存了什么，清楚自己在寻找什么样的答案。如果你储存得当，就能找到答案。

即便是这样，你也无法保证自己可以坐在书桌前，顺利地从上午9点写到下午5点（除非你是写手）。但能保证的是：你可以准确表达出想要表达的内容。

你很有可能听说过：没有作者可以完全表达出自己想表达的内容。每本书都只是接近作者心目中的完美表达，所以作者本人都觉得扫兴。辛克莱·刘易斯[1]，挺不错的作者，也曾经这样说过。如果你读过他的书，就会明白他为什么这样说。他想表达的主题是清楚的，但他表达主题的方式有不清楚的地方，在情绪方面尤其如此。表达观点、刻画人物，他可以达到一定的高度，但涉及深层次的价值观，他郁郁不能为。

如果作者感觉自己不能充分表达自己想要表达的东西，其实是他并不清楚自己想要表达什么。他只是把所有东西打包放在一起，知道一个大概（逻辑上无关的元素聚合在一起），他大致确定了自己的主题，但并没有充分了解这一主题的所有元素，无法给予这一主题足够的支撑。了解清楚的东西，就能找到词汇，准确地表达。

这时，如果有人前来叫板，问你："为什么要这样描写日出？"你其实是有答案的。你能在显意识层面为自己的遣词造句给出解释，但在写的过程中，你并不需要知道这些理由。

《阿特拉斯耸耸肩》的出版字数是 645,000，其中的每个字，每个标点符号，我都能给出理由。我写这本书的时候，在显意识层面，并不需要如此刻意，但在这本小说的

---

[1] 辛克莱·刘易斯（Sinclair Lewis，1885—1951），美国作家，作品《巴比特》于 1930 年获诺贝尔文学奖。——译者注

主题和与主题相关的所有基本层面，我遵循了自己明确的意图。写作的全过程，我都清楚这本书的主要目的，每个章节、段落和句子的具体目的。

要掌握写作这门艺术，你必须知道自己为什么这样做——但是在写作的过程中，不要编辑校订。就像骑马走到河中间，你没法换马一样，写到一半，你也没法改变前提。写作的过程中，你必须依靠自己的潜意识。你不能怀疑自己，不能一边写，一边编辑校订。想怎么写，就怎么写，之后（比较合适的时间是第二天早上）再变身编辑，重读你写下的东西。如果你对某些地方不满意，那就问一问自己为什么不满意，再找出你没有注意到的前提条件。

信任你的潜意识。如果潜意识没有给出你想要的东西，至少可以拿出错的证据。

写作的时候卡住了，原因有二：第一，你知道自己想写什么，但没有把这些概念足够具体化；第二，在这一具体的小节中，你的目的存在矛盾的地方，也就是说，你的显意识给潜意识下了矛盾的指令。所有作家都知道这一痛苦的处境，我称之为"辗转"。"辗转"有两种情况：要么什么都写不出来，要么你突然就写得很糟糕——文字没有了你想要的流畅度，也没有表达出你想要表达的内容。

比如说，爱情场面。你写了几行对话，突然不知道接下来要说什么。我们假设这是悲剧性的爱情场面，这两个人最后断绝了关系。你知道他们必须分开，但不知道该如何让他们走到分手这一步。无论你写什么，都不怎么合意。对话要么显得重复，要么没有什么意思。你又试，但写出来的东西还是不对。这就是"辗转"。

问题可能出在某个基本元素上。也许是你自己没有非常清楚地界定人物的态度，也许是你不太清楚这一悲剧的本质、爱情的本质，或这一具体场景与整部小说之间的关系。故事的每个场景都需要你在脑子里储备大量复杂的素材。再说一遍，你无法在显意识层面完成这一切，你只能在显意识层面抓住重点，其余的连接和具体的内容则要靠潜意识来提供，而你必须通过潜意识提供的这部分内容来表达自己的主要意图。任何元素出现矛盾，都可能阻拦你前进。这一过程本质上的棘手之处在于，你遇到了拦路虎，却完全不知道该如何解决问题。

解决的办法就是：思考这一场景的各个方面，思考这一场景与这本书其他相关内容的所有联系。一直思考，思考到几近崩溃，思考到筋疲力尽，脑子一片空白。到了这个程度，就等到第二天再思考，一直思考。最后，某个早上，你想到了解决方案。有了足够的思考，潜意识有了大把的时间来整合相关元素。等到这些元素整合完毕，你就会想到该如何来处理这一场景，也就会想到该用什么词语来表达。为什么？因为你整理了潜意识里的文档。

并非只有作者才有这样的经历。无论何种类型的问题，你可能苦苦思考了数日，突然答案仿佛从天而降。经典的例子是牛顿和他的苹果：苹果落在牛顿的头上，他想到了万有引力定律。[1] 有位作者曾经说过："幸运的偶然只眷顾有准备的人。"[2] —— 牛顿很长时间都在思考重力的问题，最终发现了万有引力定律，他已经有了数个结论，苹果只是最后一环，将这些结论整合在了一起。

作者的灵感打破了"辗转"的局面，也是这样的情况。

我写过很多计划外的场景，无法用"这一场景会达到这样或那样的目的"来解释。然而，写到那些地方的时候，它们自然而然地从笔尖落到了稿纸上。通常这些都是我非常清楚的场景——所有的元素，无论是从知识层面、情感层面，还是艺术层面，我都非常熟悉。我一旦设定了大目的，潜意识就完成了剩余的部分。这是作者最幸福的状态，也是最棒的感受。写到某个场景，你感觉仿佛有人自己开

---

[1]　安·兰德在《安·兰德的非虚构写作课》中写道："我也听说，苹果的故事不是真的。不管是不是真的，它绝妙地诠释了这一创造的过程，同样也适用于写作和其他形式的创造活动。"——译者注。

[2]　语出艾略特·多尔·哈钦森（Eliot Dole Hutchinson），《如何创造性思考》，纽约：阿宾顿-科克斯伯里出版社，1949 年。

口说话。你不知道自己会写什么，但等到写出来，你自己都会惊讶不已，仿佛是在一种盲目而恍惚的状态下写作。写完后一读，几乎就是完美的。也许需要修改几个词，但整个场景的精髓都有了。

正因为如此，人们才认为写作是天生的才能，或认为内心有个声音告诉你应该怎么写。你们也许听到过，有作者坚持认为是上天选择了自己，因为他们听到了那个声音。他们说："我坐下来写某个场景，我不知道要写什么，突然感觉有某个声音在向我口述。我相信那是上帝的声音。"感觉好像是这样，但这一现象的真正含义是什么呢？

没错：幸运的偶然只眷顾有准备的人。

有的作者会对你说，写作的能力是天赋——坐下来写东西，上帝要么感召你，要么不感召你，如果上帝不感召你，你就无能为力。作者这样说，不一定是在撒谎。他们只是没有真正审视过自己的内心。他们不知道自己为什么能写。

天才型作者的写作生命通常只有几年的时间。一般情况下，他很年轻就开始写作，展现出"非凡的前景"，几年的时间里，他重复同样的内容，越来越没有才华，很快就无话可写。他不懂灵感源自何处，也不知道灵感早已消失。他不知道如何补充自己的灵感。

对于写作，他更多的是在模仿，而没有真正理解。他知道，人们可以把想法、感受、情感用文字表达出来，他就这样做了。如果他的潜意识中有足够多创造性的观察，在一定时期内，他的作品中可能会呈现出某些文学价值（还有很多无意义的废话）。但是，一旦他用光了早期的感受储备，就无话可说了。他只是大致知道写作是什么，靠着潜意识一帆风顺地走了一段路，从来没有试着去分析自己的想法来自何处，自己在干什么，或者为什么这样做。这样的作家敌视任何一种分析。他会对你说，"冰冷的理智"不利于他的灵感。他说，他不能通过理性的方法来写作，他觉得，一旦开始分析，灵感就会被拦截。（他的脑子这样运转，理智应该是帮不上他的忙。）

相反，如果你明白自己的灵感真正源于何处，灵感就会取之不尽。就像给机器加油一样，理性的作者可以给自己的潜意识添砖加瓦。为了未来的写作，不断地增加脑子里的储备。不断地整合选题，融入自己的常识，随着知识的增加，写作范围得到拓展，你就一直有话可说，而且写得越来越好。你就不会是昙花一现。

如果你还存有"但我怎么才能知道写作不是天生的才能"的疑虑，那么有两种可能：或许你永远不会开始写作；或许，一旦开始，你就感到战战兢兢，如履薄冰。每次写出不错的东西，你就会问自己："下次我还能办到吗？"

我听到很多有名的作家抱怨，他们开始写一本新书之前，文学焦虑症就会发作。这与他们有多成功无关。他们并不完全清楚写作的过程，也就不太清楚为什么某本书成功或者不成功，因此他们总是摆脱不了这样的担忧："是的，我写的前十本小说都不错，但我怎么知道第十一本怎么样呢？"

这些作者往往不能越写越好，他们勉强维系自己的水平，更有可能的是在数年内越写越糟。比如，萨默塞特·毛姆。从他所有公开的写作观点来看，他并不认为写作是理性的过程，他后期的作品远远不如早期的作品有趣。虽然他还没有江郎才尽，但写作质量下降了。

在阅读的过程中，喜欢与否，都要给出解释，都要给出理由，这样才能形成你本人的文学品位，并且将其置于你的意识控制之下。一开始，评论某个段落或某本书，你只能给出表层的理由。练习之后，你就能越来越深入。（不要去背诵自己的文学前提，把它们储存在潜意识中，当你需要的时候，它们就在潜意识里等着你。）

在没有预设的情况下，作者也可能有不错的文学前提，也就是说他的文学前提来自模仿或感觉。许多作者都是这样的，因此他们无法鉴别自己写作的理由。他们说，"因为

有了，就写了出来"，他们真的相信自己有天赋，或有某种
神秘的力量告诉他们写什么。不要指望什么神秘的力量给
你什么写作天赋。也许，你会问"为什么我不能只依靠本
能"。我的回答是，到目前为止，你的"本能"都没有起作
用。你对自己的怀疑就彰显出了这一点。即便你展现出了
人们通常所说的"天赋"，整个写作生涯中，你的能力都不
会变化，你永远也不会去写自己真正想写的东西。

　　为了获取或开发文学写作的前提，你需要**显意识层面**
的知识。我的讲座，讲的就是这个。

第二章　文学作为一种艺术形式

文学是一种艺术形式，语言是这门艺术的工具，而语言是一种客观的工具。

文字有客观的意义，这是严格的前提，没有这一前提，你的写作态度就不严谨。你如果认为"我大概知道自己的意思，我的文字大概表达了某种意思"，那别人看了你写的东西，没能理解你想表达的意思，或得出了截然相反的理解，就只能怪你自己。

如果不确定一个词的意思，就去查字典。但即便是很好的字典，像价值、理性和道德这样的重要词汇，其定义也是非常宽泛的。不要用宽泛的方式来使用这样的词汇，你要明确界定这些词的含义，你要通过语境清楚地表达你想表达的含义。对于大众而言，这是重要的思考方法，对于作者而言，这是无价之宝。

作者抱怨自己从未准确表达出想表达的意思，错在作者。其中的一个错误在于，作者在用词方面含糊，甚至他们对词语的认知就是含糊的。如今，大多数作者用词都不严谨，一段话看下来，你只能懂个大概，而这就是你所能得到的，也是作者想要的。典型的代表人物是托马斯·沃尔夫①，他作品的词汇量很大，但都不准确。要了解不应该怎么写，可以去读一读他的描写片段。（到了"风格"的章节，我会更详细地讨论沃尔夫。）

在语言准确方面，我认为自己是现今最好的作者。

严谨的作者用词就像在撰写法律文书。这并不是说句子别扭，而是说用词意思绝对清楚，同时也准确地突出强烈的情感、色彩，以及文学性。

《阿特拉斯耸耸肩》中有一句话适用于所有理性的人，尤其适用于作者群体。在这本书中，达格妮"认为语言是信义的工具，要像立了誓言一样来使用语言——忠于事实的誓言"。② 在用词方面，这句话应该成为所有作者的座右铭。

① 托马斯·沃尔夫（Thomas Clayton Wolfe，1900—1938），20世纪美国作家。代表作品有长篇小说《天使，望故乡》。——译者注

② 原文为："regarded language as a tool of honor, always to be used as if one were under oath—an oath of allegiance to reality."。——编者注

既然所有的艺术都是交流，非客观的艺术观就是最不好、最矛盾的。凡是想要与他人交流，就必须依据客观的事实和客观的语言。"非客观"的东西完全取决于个人主体，没有任何外在事实的标准。

如果有人宣称自己是非客观的艺术家，他其实是在说自己呈现的东西是无法交流的。那么，为什么他还要呈现呢？为什么他还要宣称这是艺术呢？

非客观的艺术家，无论是画家还是作家，依靠的都是客观艺术的存在——他们利用客观艺术来摧毁客观艺术。

以非客观画家为例。他创造了一幅画，上面泼洒了几点颜料。他声称，这是自己潜意识的表达，而且只能用这种形式来表达，你可能明白其中的含义，可能不明白。然后，他把这幅画挂在了画廊里。从定义来看，真正的艺术反映的是可识别的物理对象，那么这幅作品与真正的艺术之间有什么共同之处呢？只不过都是挂在墙上而已。他已经转换了绘画的概念，绘画变成了"装裱在画框里的画布"。

这种非客观绘画作品刚问世的时候，艺术界是嘲笑的态度，但到了现在，艺术界里几乎全是这种东西。结果，艺术不再是一种有意义的行为。一群自诩为精英的神秘主义者接管了这一领域，他们玩弄游戏，哄骗有钱人来购买他们的作品。但是，他们基本的目的不在于物质利益，他们是要成为不劳而获的艺术贵族。(《源头》中的图希俱乐部也是同样的目的）。他们想把艺术创造变成人人都能做的事情（不管是否有能力），这样就能形成自己的专家小圈子，主观地判定什么是艺术，什么不是艺术。接下来，他们就能到处唬人，糊弄那些想要支持他们的人。

非客观的作家中最有名的是格特鲁德·斯坦[①]，她将词语组合成句子，句子完全没有语法结构，也没有意义。在某种程度上，她遭到了嘲笑，但这是一种带有敬意的嘲笑，其中暗含的态度是："嗯，她很奇怪，但她的作品可能很深刻。"为什么会深刻？"因为作为读者，我读不懂。"（非客观艺术受众的意识中有一种自卑情绪："如果我搞不懂，肯定玄妙深奥。"）

有一位作者，不仅没有遭到嘲笑，而且还被当作严肃作家，进入了大学的课堂。他就是詹姆斯·乔伊斯。他比格特鲁德·斯坦还要糟糕，一路达到了非客观写作的极致。他使用不同语言的词汇，生造出自己的词汇，并称其为文学。

抛弃了语言的交流方式，就是掏空了写作的定义。写

---

① 格特鲁德·斯坦（Gertrude Stein，1874—1946），美国小说家、诗人、剧作家和理论家。——译者注

作就变成了用特定的黑色符号在纸上乱抹乱画。

没人能从头至尾地不合理。不合理具有破坏性，如果有人一生都在遵循不合理的前提生活，最终会遭到淘汰，他最终会因此丧命，至少是发疯。如果不清除不合理的前提，不合理的前提就会继续发展，破坏合理的前提。

我提及这一点是因为下述原因。如果你没有做到完全的理性和客观，可能也不会像斯坦和乔伊斯那么离谱，那你写出来的是理性和非理性结合的。也就是说，你写了一本书，你不会对这本书一无所知，你大致知道自己想要说什么，你写的东西有故事的样子，但在选择故事细节——人物、事件和遣词造句方面，你依赖的仅仅是感觉和没有甄别过的前提。这些前提可能是正确的，也可能是错误的，在显意识层面，你不了解的前提不在你的掌控之中。如果有人问，你会说："我大概知道自己的主题，但为什么这句话要这么写，我并不知道。我只是觉得应该这样。"

这就是说，有我这样的作者，也有格特鲁德·斯坦这样的作者，你处在这两类的交叉点上。

如果理性的因素在你的写作中占主导，你写出来的东西可能会"摆脱"瑕疵。但是，你不应该做一个一半理性、一半不理性的作者。

不要让你的天赋去支撑你思维中懒惰或不理性的部分。

无论程度如何，如果你秉持非客观的前提，你都不属于我所讨论的文学、我所讨论的人类活动、我所讨论的地球之中。

除了专名，所有的词都是抽象概念。要想轻松地遣词造句，找到能够准确表达意义的词，就要对抽象概念下的具体事物了解得一清二楚。

比如说，桌子这个词是抽象概念，代表的是你见过的或还未见过的所有桌子。说到桌子这个词，到底指的是什么呢？你脑子里很容易就浮现出若干具体的例子。但是，个人主义、自由、理性这样的抽象概念，大多数人无法给出具体的例子。即便知道一两个，也不够。要完全自由地运用词语，抽象概念之下必须有具体事物。

抽象和具体之间的关系，是所有创造性写作的关键所在。其重要性不仅体现在遣词造句上，还体现在整个故事、章节和段落的构成中。

你创作故事，一开始脑子里是抽象的内容，然后你找到具体的内容来丰富这一抽象的内容。对于读者而言，这是相反的过程：一开始，读者接受的是你呈现的具体内容，再分析总结，得到抽象的内容。我称之为"循环"。

比如，《阿特拉斯耸耸肩》的主题是"理性的重要性"，这一抽象主题的范围很广。要让读者接收到这一信息，我必须展示出什么是理性，理性如何运作，为什么理性很重要。书中，约翰·高尔特这条线是为了实现这一目的——用具体的例子展示人类生活中理性思维的重要性。其他部分是说明理性思维缺席的后果。特别是关于隧道灾难的章节，用具体的例子展示如果人不敢思考，或不敢承担判断的后果，世界会承受什么样的后果。读完这本小说，如果你觉得"是的，思维很重要，我们应该理性地生活"，那书中的事件就是你得出这一结论的原因。一开始写这本书，我只有抽象的理念，而我必须把这一抽象的理念分解成若干具体的例子，这些具体的例子能让你总结出我一开始想到的抽象主题。

《阿特拉斯耸耸肩》的所有章节和段落的创作都基于同样的原则：我要表达什么样的抽象概念，什么样的具体事物能够达到我的目的？

年轻作者经常犯下这样的错误：他们想描写强大、独立而理性的主人公，就直截了当地写"他强大、独立而理性"，或者他们让书中的其他人物如此赞美他。但是，这样的文字苍白无力。"强大""独立"和"理性"都是抽象的概念。要让读者领悟到这些抽象概念，你必须提供能够证明他如此的具体例子，简单说来，就是"这人强大，因为他做了事迹 X；他独立，因为他蔑视 Y；他理性，因为他想到了 Z"。

你要靠自己的力量构建出这样的循环，你的成功与否取决于此。

所有艺术的目的都是价值观的客观化表达，这是作者的基本动机。无论作者是否意识到这一点，他都要客观化地表达价值观，表达他认为人生中重要的是什么。我们阅读小说，看到的是作者倾向于某一套价值观（读者有可能赞同，也有可能不赞同）时所展示的现实。

（很多艺术家展示的是堕落和丑恶，你不要被他们误导，你要知道：这些并不是他们的价值观。如果艺术家真的以为人生就是堕落，那他不会做艺术家。）

要把价值观客观化，就是要用具体的人和事来呈现这些价值观。比如，"我认为勇敢是优秀的品质"，这就没有实现价值观的客观化。而展现出行为英勇的人，就是客观化。

价值客观化为什么重要呢？

人类的价值观是抽象的概念。我们必须给出具体化的例子，才能让抽象概念变得真实，足以说服他人。

从这一角度而言，所有的作者都是道德哲学家。

第三章　主题和情节

　　小说的主题是整体的抽象概念，与之相关的事件则是具体化的内容。

　　比如，《飘》的主题是南北战争对南方的影响——南方的生活方式遭到破坏，随风而逝。辛克莱·刘易斯《巴比特》的主题是刻画典型的美国小生意人。

　　小说的主题并不等同于小说的哲学意义。我可以写（也愿意写）侦探或动作惊悚故事，不带哲学"信息"和大段言论，但这样的故事依然暗含我所有的哲学。

　　本质上，重要的不是作者明说的信息，而是暗中投射出来的价值观和人生观。所有的人，无论他是否意识到了，都有自己的一套哲学，因此，所有的故事都暗含哲学思想。比如，《飘》是历史主题，而非哲学主题。但是，如果要分析，书中的事件和风格也会透露出作者的哲学思想。作者选择呈现的内容，选择呈现的方式都表达出了作者基本的形而上学的观点——他如何看待人与现实之间的关系，人能做什么，以及在人生中应该追求什么。

但小说不一定要有哲学主题，历史阶段、人类情感等任何题材都可以。

判断一部小说的美学价值，我们只需要了解作者的主题是什么，主题展开得如何。其他方面均等的情况下，小说的主题越宽广，它作为一部艺术作品就越好。但读者是否赞同小说的主题，则是另外的问题。小说呈现了宏大的哲学主题，但没有情节、人物刻画糟糕、风格呆板、全是陈词滥调，也是糟糕的作品。在我看来，《暴君焚城录》（*Quo Vadis*）从技术的角度而言，是有史以来结构最好的小说之一，然而我并不赞同其中表达的内容。

关于主题，我要提醒大家注意：**你的故事一定要有主题。**

在当今的文学界，很多书并没有抽象的主题，也就是说人们并不知道作者为什么要写这些书。比如，那种讲述作者童年印象和人生早期奋斗史的处女作。如果问作者为什么要写某件事，作者会说："因为我遇到了这件事。"我提醒大家不要写这样的小说。你遇到了某件事，这对别人

而言毫无意义，甚至对你也毫无意义（你现在回忆这件事
的角度是完全自我、自私的）。关于你，重要的是你选择做
的事情——你的价值观和选择。那些偶然性的事件——你
出生的家庭，出生的国家，你去哪儿上学，完全不重要。

　　作者也可以谈论自己，如果有重要的内容要谈，可以
写亲身经历（最好不要太过纪实）。作者写自己的经历，读
者为什么应该读这本书呢？如果原因只是他遇到了这些事
情，那无论对于读者还是作者，这本书都没有存在的正当
理由。

　　你的主题，也就是你作品能抽象概括的内容，应该有
客观存在的理由，但主题的选择是没有任何限制的。别人
为什么要对你的作品有兴趣？只要你能给出客观的理由，
那无论主题是深海潜水，还是其他的什么，都能写。

　　小说最重要的元素是**情节**。情节是事件有目的的进展
过程。这些事件必须在逻辑上有联系，环环相扣，最终达
到高潮。

　　我强调**事件**这个词，因为想法或对话都可以有目的地
进展，但这两者都没有行动。而小说是故事，讲的是行动
中的人。如果你没有用具体的行动来呈现你的题材，你写
的东西就不是小说。

主题和情节之间有什么不同，我下面会给出几个例子。第一个例子是我自己的作品。

《我们活着的人》的主题是：国家主义的弊端。我展示了独裁体制如何摧毁最优秀的人，以此来呈现我的主题。在这本书中，所谓的最优秀的人具体是指一个女孩和两个深爱她的男人。如果我说这个故事讲的是"独裁体制下的一个女孩和两个爱她的男人"，那么我谈论的就是情节。

顺便说一句，如果只提到《我们活着的人》的主题——个人与独裁体制的对抗，那这句话并没有说明作者的立场。只看主题，这也有可能是情节不一样的故事。有可能是自然主义的小说，作者没有表明道德立场，只是呈现社会人生。无论是以上的哪种情况，主题仍然是：个人与独裁体制的对抗。所以，你要写故事，一定要清楚界定自己的主题。清楚界定了主题，你就更清楚要把什么内容写到故事里。

《源头》的主题是：人类灵魂中的个人主义和集体主义（不是政治领域的个人主义和集体主义）。我让有创造力的建筑师与他所处的社会相抗争，以此展示不同原则对人性格的影响。

从主题到情节主线，你只需要问：作者用什么方法呈现主题？据此你能鉴别出故事的**情节主题**——也就是故事事件的基本线索。情节主题是呈现主题的关键方式，对于作者而言，它是故事创作中最重要的元素。作为小说家，定好了故事的情节主题，就可以真正开始写故事了。

《阿特拉斯耸耸肩》的主题是：人类思想的重要价值。情节主题是：罢工。后者是一种行动，故事中其他行动都围绕这一行动展开。这就是情节主题。

维克多·雨果《悲惨世界》的主题是：对底层社会的不公。情节主题是：犯有前科的人苦苦抗争，躲避警察的迫害。这是中心叙事线索，所有的事件都与之相关。

《飘》的主题是：南方生活方式的消亡。情节主题是：女主人公斯嘉丽与生命中两个男人白瑞德和阿希礼的关系。这些人物代表了卷入其中的历史力量。斯嘉丽爱上了代表旧时南方的阿希礼，但她永远也无法赢得阿希礼。斯嘉丽是南方女性，但在精神上属于白瑞德，后者代表了打破传统的破坏力，他一直追求斯嘉丽。这部小说娴熟地将情节和主题合为一体。

辛克莱·刘易斯《大街》的主题是：呈现典型的美国小镇。情节主题是：一位年轻知识女性的抗争，她想给这座小镇带来文化，而她身边的人却很物质化。然而，我必须强调一点：《大街》（与刘易斯其他的小说一样）从事件结构的角度而言，并没有情节。

浪漫主义小说和自然主义小说的主要区别在于：前者有情节，后者没有。自然主义小说缺少有目的的事件进程，但优秀的自然主义小说仍然有能组成故事的一系列的事件。在这种情况下，我所说的"情节主题"指的就是这些事件的主线。

托尔斯泰的《安娜·卡列尼娜》是自然主义学派最典型的作品。小说讲述了一位已婚女性的故事，她爱上了另一个男人，离开了自己的丈夫，最后绝望无助，走上末路。她被社会放逐，失去了朋友，不知道该如何打发时间，最后她和她的情人彼此都感到厌倦。她的情人是职业军人，自愿报名参加了巴尔干半岛的军事行动。小说暗示他最终会死在战场，但他想要离开，因为他无法与自己所爱的女人一起忍受孤独和被限制的生活。最终安娜卧轨自杀（这个场景写得很好，让人感觉胆战心惊）。

书中，安娜感情丰富，她最大的特点是对生活的渴望。她的丈夫是个墨守成规的平庸之人。与这样的丈夫生活在一起，人生既无聊又无意义，就这一点，书中给出了足够的证据。安娜想要幸福，因此敢于打破成规，但这一点在作者看来，理由并不充分。作者原本想暗示的是：脱离了社会，就没有人生。无论社会标准是否正确，人都必须接受。抽象的主题是：通奸是错误的；从更广的意义而言则是，追求幸福是错误的。情节主题是：一位女性离开了自己的丈夫，因不守常规而毁灭。

作者是自然主义学派，还是浪漫主义学派？那就要看作者的基本哲学前提是主张决定论，还是自由意志。如果作者的基本观点是人没有选择，只能受命运、背景、上帝或荷尔蒙的摆布，那这位作者是自然主义者。本质上，自然主义学派刻画的人是无助的。这一学派有伟大的作者，但在哲学上影响力欠佳，在文学方面，自然主义作品的缺陷是没有情节。情节是事件有目的的进展，其必要的前提是人类有选择的自由和达成目的的能力。如果作者相信命中注定，就不可能设计出情节。

（控制作者的是他内心深处的信念，而不是嘴上承认的信仰。他可能宣称自己相信自由意志，但潜意识里却是决定论者，反之亦然。作者潜意识的前提会表现在写作中。）

浪漫主义文学的作者看待人生的前提是：人有自由的意志和选择的能力。这一流派的显著特点是情节结构好。

如果人有选择的能力，那就可以规划人生，他可以给自己设定目标，再实现这些目标。如此一来，他的人生就不是一系列的偶然。他就不是"单纯地遇到了"这些事，他选择要做的事情（如果有偶然因素，他的目标就是克服这些偶然），塑造自己的人生。

如果你也这样看待人类，你描写的事件就与人的目的相关，人就需要采取行动逐步实现这些目的。这就构成了情节。情节是"事件有目的的进程"，这些事件围绕人的目的（通常是主人公的目的）展开，而不是一连串的偶然。

这里，我要提醒大家关注亚里士多德的效力因和目的因两个概念。

效力因的意思是，决定某一事件的是前因。比如说，你点燃火柴去点汽油油箱，油箱爆炸了，点燃火柴是原因，爆炸是后果。在物理本质上，我们一般称之为因果。

目的因的意思是，一系列连锁起因的最终结果决定了这些起因。亚里士多德给了这样的例子：一粒种子长成了一棵树，这棵树是这粒种子的目的因。从另一角度而言，这粒种子是这棵树的效力因：首先，要有种子；然后，作为结果，这棵树长了起来。但是，亚里士多德说，从目的因的角度，未来的树决定了种子的本质，决定了种子要长成一棵树必须遵守的发展本质。

顺便说一下，这是我与亚里士多德的主要不同之一。我认为哲学上所谓的目的论就不对。目的论是说：事物的目的，从本质上决定了相应的物理现象。未来的树决定了种子的本质，这一概念是不可能存在的，这样的概念导致了神秘主义和宗教。大多数的宗教都从目的论的角度解释宇宙：上帝创建了宇宙，所以上帝的目的决定了万事万物的本质。

但是，在一定的范围内，目的因的概念还是成立的。目的因只能用于意识体，特别是理性意识体的运作，因为只有思考的意识才能在目的存在之前甄选出目的，并且选择不同的方式来实现这一目的。

在人类行动的范围内，所有一切都必须遵循目的因引导。如果人受制于效力因，如果人认为自己受制于本人之外的某种决定因素，这就完全不对。（即便人受制于效力因，意志也发挥了作用：如果一个人决定放弃目的，这当然也是决定，但却是不合理的决定。）恰当的人类行为是遵守目的因的行为。

写作就是显而易见的例子。作为作者，你必须遵守目的因的过程：决定这本书的主题（你的目的），选择具体化表现主题的事件和句子。而读者遵循的则是效力因的过程：一步步地看完这本书，概括出抽象的主题。

任何有目的的活动都遵循这一过程。有人要造一辆汽车。首先，他必须决定要做的是什么——汽车；接下来，选择需要组装的元素；最后组装出汽车。在实行目的因的过程中，他要遵循自然规律，遵循必要的效力因，汽车要动起来，他必须用科学的方法组装某些零件。

在自然领域，没有目的因，但是在人类行为的领域，目的因是唯一正确的引导。

在有情节的故事与无情节的故事方面，目的因是如何运用的呢？在有情节的故事里，人物和事件在目的的牵引下陆续登场。在没有情节的自然主义故事中，就像在物理世界中，所有的东西是一股脑儿地推出来的。

再次以辛克莱·刘易斯的小说为例。他的小说并不是完全飘渺无形的：有开头，有结尾。但是，他小说中的人物几乎没有明确的目标。他们经历了某些事件，得出了某些结论，在与社会背景偶然的互动、碰撞中，他们在精神层面或成长、或堕落。在作者的安排下，他们的行为的确符合他们的性格，但他们并没有决定自己的人生轨迹。

自然主义流派的前提存在基本的矛盾。我们会对自然主义的作品，比如《安娜·卡列尼娜》感兴趣，只是因为我们想当然地认为书中的人物有选择。到底是该为所爱的人而放弃丈夫，还是为了丈夫放弃所爱的人，这是人生的关键决定。你对此感兴趣，因为你想当然地认为安娜有选择，你想知道她选择了什么，为什么这样选择，以及她的选择是否正确。然而，假设你坚定地认为她不能选择，只能遵循命运的安排——也就是说，如果你处在类似的情况下，你未来的行为对你是不可知的，因为你的决定不取

决于你的选择——如果是这样，你就会觉得这个故事毫无
意义。

　　如果人没有选择，你就没法写他们的故事，即便写出
来，也没有阅读的意义。如果人有选择，故事讲的却是没
有选择，阅读这样的故事，也没有意义。从理性的角度，
我们想阅读什么样的故事呢？有关人类的选择，无论对错，
也就是说，我们应该阅读有自由意志的、有情节的浪漫主
义的故事。

　　现在，让我们更为细致地思考情节这一话题。

　　如果人的命运并不是由上天决定，如果人可以设定自
己的目的，那么想办法实现这一目的的人就是他本人。这
就是说，他本人必须做出某些行动。如果他的行动没有遇
到阻挠——他决定去街角的杂货店，他去了，买了东西，
然后回家——这是有目的的行动，但不是故事。为什么不
是故事呢？因为没有抗争。

　　为了展示如何实现目的，你必须写出人们克服障碍的
过程。这句话只适用于作者。从形而上学的角度而言，在
现实生活中，人要实现某一目的，克服障碍并不是必需的。
但是，作为作者，你要将这一目的戏剧化——也就是说：
你要用所选的事件表现出特定的含义，就必须通过紧张的
行为模式剥离出这一含义。

　　比如，我在《源头》这本书中展示了一位建筑师的职业生涯：他独立自主，有创造力。在现实生活中——可能性不大——他立刻找到了合适的客户，在没有任何阻力的情况下大获成功。但是，如果这么写，这在艺术上就是大败笔。我的目的是展示出：虽然艰难重重，但独立自主、有创造力的人终会实现自己的目标。这个故事里所有的阻碍都是为了戏剧化地展示这一点。我必须表现出主人公的艰难抗争。抗争越是艰难，戏剧化的效果越好。我就是要给主人公设计出最艰难的、最有意义的障碍。

　　比如说，如果主人公的远房表亲不赞同他的职业，这不是什么大不了的阻碍，不需要克服。但是，如果主人公深爱的女人对他的职业表示不赞同，诱惑他放弃，而主人公说："不，我喜欢做建筑师。"话一出口，就有永远失去这个女人的风险，这才是真正的戏剧化。这样一来，主人公就面临两难的选择，但他必须做出正确的选择（他的确做出了正确的选择）。

　　故事里的抗争越多，情节就越精彩。作者展示人物如何解决冲突，做出正确的决定，就是展示什么是正确的决定；如果人物做出错误的决定，作者则展示了为什么这一决定是错误的，错误的决定会有什么不良后果。

　　情节结构的本质是：抗争。因为抗争，有了冲突；因为冲突，就有了高潮。有抗争，就是有冲突的对立力量，就意味着高潮。高潮是故事的中心点，是冲突解决的地方。

此处的"冲突"，指的是与其他人的冲突，或者一个人内心的冲突，而非与大自然或巧合的冲突。

为了戏剧化地表现个人的抗争和选择，最好的方法之一是设计内心冲突，这种冲突要在行动中得到表达和解决。如此，你就清楚地用行动展示了人的自由——他的决定解决了这一冲突。

人在大自然面前的抗争，只是人单方面的自由意志，大自然并没有自由意志。自然的力量仅仅是自然的力量，是什么样的就是什么样的。所以，人与自然的冲突就不具备戏剧性。自然界作为对手，没有主观的选择，也没有悬疑。在完全意志化的冲突里，敌对双方必须都拥有自由意志，必须有两种选择，两套价值。

巧合一直都是写作的不利因素，对于情节，更是不利。只有不怎么擅长构思情节的作者——通常都是蹩脚的悬疑小说作者，才会让巧合成为他们写作的要素。有些伟大的作者，例如雨果，有时也会犯下这一错误。但是，我们必须不惜一切代价避免这一错误。情节呈现的是拥有自由意志和人如何成功达到自己的目的，至少要呈现出人为了自己的目的而抗争，巧合与人的选择或目的无关。生活中的确有巧合，但巧合是无意义的。有些故事里，自然灾害突然发生，立刻解决了冲突。比如，洪水或地震掐着时间准时到达，顺便干掉了坏蛋。不要写这样的故事。

我已经说过了，情节是"事件有目的的进程"。在这里，**"有目的"**有两层意思：不仅仅是人物必须有自己的目的，而且为了故事浑然一体，作者也必须有自己的目的。情节中的事件，总是与人物的主要目标和引导事件发展的不断增长的冲突联系在一起（冲突到了最后必须以某种决定性的方式解决）。

以《悲惨世界》为例。主人公偷了一块面包，被送进了监狱。他受不了监狱的生活，于是决定逃跑，结果得到的是更长的刑期。终于出狱后，他成了社会的弃儿。他来到一个小镇，发现没人愿意让他住下，没人愿意给他吃的。后来，他找到了愿意接纳他的一户人家——当地的主教。这位主教的形象刻画得非常好，他没有私心，收留了主人公，给主人公吃的，就像对待贵宾一样地对待他。这位前科犯注意到了主教仅有的财物：银器和壁炉架上两个银烛台。到了半夜，这位主教信任的前科犯偷了银器，逃走了。

考虑到主人公的处境极为悲惨，读者能够理解他为什么会做出这样的选择。这一选择当然不好，却是之前事件顺理成章的发展。

当地的警察抓住了主人公，认出了银器，把他带到主教面前。警察对主教说："我们抓住了这个前科犯，他说银器是你给他的。"主教说："没错，是我给他的。但是，我的朋友，我把烛台也给你了，你怎么忘了带走呢？"警察走了，主教对前科犯说："拿上这些银子吧。我用银子从魔鬼手中赎回你的灵魂，把它交给上帝。"

这是一个场景。展示的是宽容大度，刻画得很美，很戏剧化。

主教相信自己的行为会有善果，主人公的确也改过自新了，但效果并非立竿见影。无论主人公做什么，都基于在此之前对某件事的判断或误判，警察的行为也一直基于他们对主人公的怀疑。决定事件发展的是书中人物想要实现的目标，所有的事件都一环扣一环，之前的事件不一定是决定性的因素，但遵循了这样的逻辑：如果有 A 事件，在逻辑上 B 必然成立。

相反，自然主义小说的事件并不是一环扣一环进行的，它们在很大程度上是偶然事件。是否要展示家庭聚会、一天的购物、花展或早餐？对此，自然主义者是没有原则指导的。他们选择的标准是：事件要能够展示人物，或影响人物。主线一般是某个特定人物的发展，如果作者认为人物的刻画已经足够让读者理解，他就不必再费笔墨。

自然主义学派的显著前提是重视人物塑造，轻视行动。事情发生了，但发生了什么并不重要，更重要的是这一事件展示了人物。比如说，巴比特（地产经纪人）卖了一栋新房子，读者了解了他的很多心理活动。卖掉房子这件事并不重要，其意义在于人物塑造。

在现实中，事件就是行动。如果某个人去了杂货店，这是一个事件，但这一事件并没有什么意义，只是自然主义学派下的随机事件。如果某个人在街上遇到另一个人，并且开枪打死了那个人，探究其中的动机，这一事件就可能很有深意。如果这个人扣动扳机是因为之前的某件事而被迫做出了选择，那这一行动就成了情节事件。

悬念与情节紧密相关，也是情节的重要部分。

一本小说捧在手里放不下，在电影院里紧张地坐直了身体，都是你对悬念故事的反应。想一想什么样的故事会让你有这样的反应。这一类故事的作者让**你参与了他设定的目标。**

故事有悬念，你就会根据事件的发展去猜结果。如果作者告诉了你结果，故事就吸引不了你的兴趣。如果你完全不了解故事的走向，你也不会感兴趣。如果故事只是各种事件随意拼凑在一起，或者事后你也发现了内在逻辑，但作者从不让你有所期待，你也不会感兴趣。

　　什么是典型的悬疑场景？此处以《阿特拉斯耸耸肩》为例。里尔登走进达格妮的公寓，遇到弗朗西斯科。为什么这一场景肯定能引起读者的兴趣？因为在之前，我已经做了很久的铺垫，读者一直好奇如果这两个男人发现了对方与达格妮之间的关系，这三个人会怎么样。我已经让读者参与进来了。我已经安排好了，里尔登很想知道达格妮前恋人的名字，而且弗朗西斯科依然爱着达格妮，希望达格妮还等着他。因此读者知道，这三人知道真相时会有强烈的反应，但读者并不能准确预测他们反应的本质。这就是让读者对这一场景饶有兴致的原因。

　　然而，假设里尔登对达格妮的过去了如指掌，而弗朗西斯科怀疑达格妮爱上了里尔登，然后，达格妮和里尔登相恋的第二天，弗朗西斯科就来拜访达格妮，知道了真相。那么这一场景还会有趣，还会有悬念吗？不会。书中的人物已经知道了真相，就不会有冲突，不会有戏剧性，不会有不确定的内容，那么这一场景也就变得无足轻重。

　　如果你想吸引读者，就要让他们有所猜测，但又猜不透。怎么办呢？我认识的一位好莱坞编剧说得很好。她说，一开始写故事，她就会建立一条"眉头紧锁线"，也就是设计一系列问题让观众紧缩眉头。

　　要办到这一点，你不仅要知道如何建立悬念，如何一步步地给读者提供信息，还要知道如何合理地建立能够让读者感兴趣的冲突。假设达格妮染了头发，担心自己的兄弟詹姆斯会如何评价染发这件事——如果他们是担心这种事情的人物，那么这样的人物是无趣的，这样的场景也是无趣的。要建立悬念，就要问自己：别人为什么要对这一冲突感兴趣，有没有理由？其价值是否重要到让人担心的程度？

为了说明情节的重要性，以及情节与故事主题和悬念的关系，我要从没有情节的角度重新设置《阿特拉斯耸耸肩》和《源头》中的某些事件，我们来看一看效果如何。

比如说，在《阿特拉斯耸耸肩》中，达格妮和里尔登恋情的意义在于他们有共同的观念、价值观，他们共同的抗争是他们爱情的根源。那么，不重视情节的作者会如何处理这一素材呢？达格妮来到里尔登的办公室，他们开始说话。突然，里尔登一把将达格妮揽入怀中，他们相拥而吻。这也有可能发生，但却没有多少戏剧价值。任何两个人都有可能上演这一幕，即便是詹姆斯·塔戈特和贝蒂·蒲柏这样的反派人物也会。

但我没有这样写，在《阿特拉斯耸耸肩》中，在他们共同胜利的顶峰时刻，即在约翰·高尔特铁路开通之际，我引入了他们的爱情。我用行动呈现出了他们共同的观点和价值，我让他们在这样的情景之下承认了对彼此的爱。这就是如何从情节的角度展示问题。

再以《源头》中采石场的场景为例。多米尼克在采石场遇到了罗克。多米尼克是极端的英雄崇拜者。她公开说过，自己只会爱上了不起的男人，但她又不想找这样的男人，因为她觉得这样的男人会让她在劫难逃。如果她是在做新闻专栏的时候遇到冉冉升起的建筑师明星罗克，那就没有戏剧性。多米尼克遇到了理想中的男人，却是在男人最不得志的时候——当时的罗克什么都不是，只是采石场的工人。她曾担心这个世界不会善待英雄，但在这一场景中，她认识到无论这个世界如何对待英雄，英雄始终是瑰宝，是她无法抗拒的。

现在我们再来谈一谈《阿特拉斯耸耸肩》中里尔登辞职的那一场景。整个故事中，参与罢工涉及两个元素：受害者认识到自己是受害者，决定不再继续做受害者；受害者确信自己不能在现有的体制下继续工作。因此，我让里尔登辞职的时候，必须有这两个元素：里尔登最终认识到自己应该罢工，而且掠夺者最终的残暴让他判定这一局势没有希望。有人命令他继续工作以支持他的宿敌，再加上政府对他的工厂发起攻击，特别是考虑到里尔登的人生经历，罢工的整个场面变得戏剧化。

　　不重视情节的作者会如何让里尔登做出罢工的决定呢？里尔登会坐在办公桌前，或走在乡间道路上，反反复复地思考当前的局势，然后他决定："事情糟透了。我再也无法忍受。我不干了。"现实生活中，这样做决定可能并没有什么不妥，但拿来写故事就差劲。这样的决定仅仅是心理活动，没有任何行动来表明这一决定的本质和构成元素。

　　达格妮是最后加入罢工的人。之前，她不知道反派人物的死亡原因，她有理由认为这些人最终会意识到她是正确的。只有等到她明白了真相——也就是在宴会上她明白了詹姆斯·塔戈特等人对约翰·高尔特的态度，明白了他们要折磨约翰，她才有了退出的心思。

　　然而，如果没有发生其他的事情，达格妮就直接罢工，这样的处理也不能让人满意。铁路是她和这个世界的联系，如果让达格妮直接罢工，就没有牵涉到铁路。为了戏剧化地处理达格妮的罢工，我必须让她面临铁路和罢工二选其一的局面。因此，此刻就应该引入桥梁塌陷这一重大事件。达格妮立刻拿起电话，最后犹豫了一秒钟，做出了罢工的决定。

　　这一刻激动人心，因为这一刻浓缩了达格妮人生中所有重要的事件，这不仅是她内心的激动时刻，而且也是行动上的激动时刻。事情摆在面前，她必须做出决定。

想一想你读过的其他浪漫主义学派的情节小说，想一想其中各种事件的意义。然后再想一想，如果不用行动来呈现这些事件——也就是说，如果没有外界的事件，只是某人坐在房间里，走在街上，只是用脑子想一想，就解决了冲突，会是什么样的情景呢？结果就是小说没有了情节。

你要写情节故事，就必须清楚自己想表现什么样的问题，然后想一想什么样的事件可以用行动来呈现这些问题。在上面所有的例子中，我都必须找出这一问题的本质，然后围绕本质来建立事件。

假设里尔登是坐在办公桌前决定辞职，他坐在办公桌前这一事实与解决的问题就无关。假设他在开车，遇到交通事故，打电话叫人来拖车，这一过程中，他思考是否要辞职，他参与了某种行动，但这一行动与他的决定毫无关系。或者假设里尔登做出了辞职的决定，这一天什么事情都没有，只是韦斯利·毛奇从华盛顿打来电话，出言不逊——也就是说，迫使他辞职的最后一根稻草是某位官僚态度不好，这与反抗掠夺者有关系，但并不是关键点。

训练自己从本质的角度思考，不仅对文学的问题如此，所有的问题都应如此。要写出精彩的情节故事，这一点很重要，要过好自己的一生，这一点更重要。人生就好比一个故事，如果结构混乱，全是一串无关联的经历，没有目的，没有进程，没有高潮，你不会想要的。

你可以建构很好的人生，也可以写出很好的情节结构，但方法只有一个：你必须知道本质。无论你处理的是什么问题，都必须找出**关键点**。

第四章　情节主题

　　情节主题决定了情节中所有事件的主要冲突，是展开整个情节结构的起点。

　　我说过，小说的作者和书中的人物都必须有目的。讨论情节主题，涉及多个问题，第一个就是：作者如何设定情节目的。

　　我在这里只谈论情节，不讨论主题，也就是说，我讨论如何做剧作家，而非哲学家。如果你有话要说，你想表达的东西就决定了你的情节主题；如果还没有，你需要想一个情节主题。无论是何种情况，在你开始建构情节之际，就是文学创作真正开始之际——在这一部分，情节比你想要传达的信息还要重要。我并不是说，情节与你想要传达的信息相冲突。如果情节与信息相冲突，就必须另外选择情节。我是说，你在建构情节的时候，什么都不要想，就只考虑情节。

因此，在这里，我所讨论的作者的目的，指的就是情节目的。

首先，我要讨论冲突的本质。

一个人想要采取行动去争取某样东西，这个东西就是有价值的，至少对他本人是。（是否理性则是另一个问题。）因此，"价值冲突"并不一定是什么宏大的哲学抽象概念。不要认为只有"社会主义与资本主义"这样的冲突才算数。

你在餐馆看菜单，甜点到底是点冰激凌还是蛋糕，这也存在冲突。如果你不喜欢蛋糕，只喜欢冰激凌，那就没有冲突。但是，如果你两个都喜欢，又吃不下两个，你必须二选一，那么在你做出决定之前，就有暂时的冲突。

但是，这样的冲突不值得写成故事。故事里的冲突要足够有分量，既能吸引书中的人物，又能吸引作者和读者，选择甜点的冲突显然没有这种分量。但是，即便这样的小事，也有价值的冲撞。

现在，请大家注意：犯罪故事的情节结构通常都不错。犯罪故事是最原始、最常见的悬念戏剧结构。（不幸的是，到了现在，如果想要读情节丰富的故事，除了犯罪故事，几乎就没有其他的东西可读。）

原因在于：罪犯这一定义自带价值冲突。罪犯想要抢银行，与此同时，他又不想被捕。他想要安全，又想做出危及自己安全的行动以获利。因此，故事中引入犯罪行为，立刻就有了一种初级但合理的重量级价值冲突。

假设故事中的主要人物是银行劫匪，但他不在乎是否被捕。他想好了，在监狱里还挺安全的，所以不打算藏起来，也不打算逃跑。这样的故事就一点儿也不生动。或者假设他在没有警察的城市里抢银行，抢了就抢了，没人来处理这件事，那也就没有了情节。

要真正理解什么是好的情节场景，不仅要鉴别人物的**具体**目的，还要鉴别这一目的必然引发的所有冲突。说到某个罪犯，你说"他的目的是抢劫"，这还不是冲突。不要忘了，逃跑也是他的目的。

我们来看看我的短篇《好故事》（"Good Copy"）（参见《安·兰德早期作品》）。主人公是小镇记者洛里。他想激起民愤，借此发展他的事业，所以上演了一出绑架戏，从而面临被捕、受辱和失去事业的危险。仅这一点，构成了简单的冲突。

接着，他爱上了自己绑架的女孩，那个女孩也爱上了他。这就引入了新的价值冲突。洛里爱这个女孩，但他对这个女孩做了不好的事情（至少他本人会认为这是不好的事情）。女孩爱上了绑架自己的人，这不同于爱上了真正的英雄。如果女孩后来发现这个人值得自己爱，冲突就得以愉快地**解决**，但依然是冲突。

接下来，一个真正的罪犯登场，悄悄掳走了女孩，洛里陷入了强烈的内心冲突中。他要救这个女孩，就必须向警方自首，进监狱，毁掉事业。现在，他的事业与爱情发生了冲突。

这就是情节主题。

如果省掉部分元素，这个故事会怎么样呢？假设洛里绑架的是成年男人，比如说一个粗鄙的恶棍，冲突就会简单得多，也不会那么严重。如果洛里不在意自己绑架的人，从一开始他的处境就要容易得多。到后来真正的罪犯掳走了被绑架者，洛里可以去警局，也可以不去警局。也许他还可以匿名发消息，也不会被捕。总之，风险不大。

或者假设洛里不是记者，而是真正的罪犯，他爱上了自己绑架来的女孩。如果他坦白交代，被捕了，那也不会危及他的事业。这就没有大的价值冲突。

寻找情节主题，必须寻找主要冲突——不是单线冲突，而是复杂的冲突，其复杂程度要足够建构故事。

假设你设定的最初情节是：一个年轻人假装犯罪，要在死寂的小镇搅起波浪。这是行动，不是冲突。无论在此人的内心，还是他和其他人之间，都没有价值的冲突。也许这个死寂的小镇就渴望有人来搅一搅呢。

或者假设你最初的想法是：一个年轻人假装犯罪，因为有真正的罪犯插手，假装的罪行变成了真正的罪行。这也不是什么大不了的冲突，不足以构建故事。这个年轻人的处境是不太妙，但很容易就可以矫正。要让各种事件发展起来，必须加入其他的元素，比如说这个年轻人爱上了受害人。这样你就有了一个多面的真正冲突。

什么样的冲突适合做情节主题呢？最好的方式就是进入故事的核心。那我们就从头开始写个故事吧。

假设你想写故事，脑子却一片空白。但你必须有个入手的地方呀。于是，你决定了故事的背景年代，比如说：中世纪。

接下来，你的脑子又是一片空白，虽然时代背景定了下来，还是有无穷的可能性。你可以选择中世纪的任何一方面来写。如果什么都可以，那实际上是什么都不可以；如果你觉得"我什么都可以写"，那就什么都写不出来。只有你心里真正有数，即有了情节梗概，你才有了可以动笔的基础。

既然情节的本质是冲突，你就必须寻找好的冲突。既然中世纪时期宗教非常重要，你最好就把故事的人物设定为神父。而如果神父只是严格地履行自己的宗教职责，你就没故事可写了。你必须让他面临冲突。他是中世纪的神父，严守教规，那么最好的冲突可能就是性欲方面的——因为宗教信仰禁止他有欲望。如果他的价值都与宗教这一维度相关，他所面临的最糟糕的事情就是对尘世有了强烈的渴望——恋爱。

接下来的问题是：爱上了谁？如果是爱上了一个与他有同样宗教价值观的修女，可能会有戏剧性。但是，如果他爱上了某个与他持有相反价值观的人，某个世俗之人，例如吉卜赛舞女，戏剧性就强烈得多。

下一个问题：吉卜赛舞女爱他吗？如果这位女子爱他，虽然他可能面临良心和社会的冲突，但至少得到了爱情。然而，如果他受到诱惑想要为了有罪的激情而背叛宗教，但这位女子又不爱他，那就更悲剧了，因此也就有更强烈的冲突。

再来一个问题：这位女子爱别人吗？显然，如果这位女子爱其他人，对神父而言，就更糟糕了。

另一个问题：如果神父追求这位女子，会有人保护她吗？如果有人来保护这位女子，冲突就更大。谁来保护她呢？如果女子的保护者不认识神父，保护者就只能制造物理阻碍。但如果女子的保护者是神父出于仁慈一手带大的人，他本人就是神父严格履行宗教职责的象征呢？

现在，我们来考虑一下其他人物面临的冲突。保护女子的人面临很大的冲突，一边是他对这个女子的爱情，另一边是他对恩人的忠诚。被神父（中世纪的神父有很大的权力）追求的女子呢？一边是她对另一个男人的爱情，一边是生命的威胁。

这就是《巴黎圣母院》的情节主题。

我肯定维克多·雨果不需要这样的逻辑分析。从他的作品就可以看出，他在情节方面有取之不尽的创造力，对他而言，写作和写冲突几乎就是同义词。他对冲突的本质了如指掌，冲突的设计自动就完成了。

一旦掌握了冲突的本质，就明白了什么是戏剧性。就个人的感觉而言，某个情节的出现仿佛是灵感出现一般，"突然就想到了"。但是，你必须要达到能够获得这种灵感的阶段。

在构思故事的时候，你的思维不会按照我上面的步骤来进行。提前知道了情节，当然可以这样一步步地提出问题，这很容易，但是，如果从零开始，每个转折点都有太多的可能性，你没法在显意识层面一一处理这些可能性。你必须让潜意识来做选择，但是，只有你明白了冲突是什么，为什么冲突是必要的，潜意识才能做选择，给你选出正确的最戏剧化的场景。你明白了这一点，而且你也费神费力地练习过构思情节，这之后，你的想象力开始自动运行，为你省下了不少步骤。

我前面谈到《巴黎圣母院》时讲的不是情节，是情节主题。作者的工作还没有完成。但是，一旦有了这样的主要冲突，写作就不是无的放矢了。你已经限定了故事的本质，这种限定就是你选择事件的标准。

如果你不清楚自己的情节主题，你的故事就会很松散，没有逻辑上的连续性。而且，对此，你本人也束手无策。写到一个场景，突然有所感悟，你就开始写另一个与主线毫无关系的场景。你的故事漫无目的，你也不知道故事该朝哪个方向走。

在建构故事之前，你必须定好主要冲突。这一主要冲突就是标准，你据此来判断什么是有利于冲突充分展开的内容，什么是不必要的内容。

我再来举几个情节主题的例子。

假设你要写爱情故事。如果两个人相爱，就不存在冲突，要制造冲突，就必须让他们的爱情与他们的某个重要价值观相矛盾。比如说，他们国籍不同，两国正在交战，就有了情节发展的可能。如果他们只是各自坐在家里，只是渴望得到对方，那也没有情节。你需要把他们放到行动的冲突中。假设，这位男子是军官，这位女子是另一国的间谍，掌握了惊天动地的秘密。这位男子要么让女子逃走，要么一枪打死她，拯救自己的国家。这样的冲突可以作为情节主题——有充足的素材，可以展开故事线索。（这样的故事并不新颖。但是，不要忘了，陈词滥调之所以变成陈词滥调，那是因为一开始出现的时候，大家觉得挺不错。）

假设你要写单恋的故事。有个男人疯狂地爱上了一个女人，而这个女人不爱他，这还不是冲突。但是，如果因为外在的原因，比如说继承权等，这个女人不得已嫁给这个男人，而这个男人同意了名义上的婚姻。这样一来，我们立刻就找到了冲突，也就有了好故事的可能性。

情节冲突不是人物内心的冲突，不是他坐在家里心里犯嘀咕。情节冲突必须**用行动表达出来**。你要建构情节，必须要做"唯物主义者"，只关心能够用真切的行动表达出来的价值和问题。

并不是所有的东西都能用情节来戏剧化表达。比如说，《一个人》（Anthem）的主题是"我"这个词，故事的理念是：如果一个人丢失了"我"的概念会怎么样，如何重拾这一概念呢？这是内心的活动，不是情节主题。

《一个人》没有情节——没有两人或多人之间的冲突。主人公的敌人是集体本身，这个集体除了反对主人公的逃离之外，并无其他明确的目的。主人公没有与个体抗争，而是与整个体系抗争。我所有的故事中，《我们活着的人》情节最紧凑，不仅传达了这一主题，还讲了具体人物之间的冲突。《我们活着的人》讲的不是"基拉（女主人公）对抗集体"的故事，真正的反派是安德烈，以及其他几个同类的小人物。如果故事讲的是"基拉对抗集体"，那故事就没有了情节。

《一个人》是心理层面的幻想作品，不是对集体主义的全面控诉。这本书引入了集体的概念，只是为了解释主人公为什么陷入了没有"我"这个概念的困境。在某个概念缺席的情况下，人的内心是什么样的？这并不是行动主题，如果引入了情节，故事就脱离了主题。

在我的短篇故事《这世上最简单的事》（*The Simplest Thing in the World*）中，主人公坐在书桌前，拼命想写点什么，最后认为自己写不了。这个故事发生在他的思维层面，只是展示了创作的心理过程，完全没有情节。

我们再来看看更多的情节主题的例子。

最老套最陈腐的情节主题是：妓女有着金子般的心。为什么这一情节主题深入人心呢？身为妓女，就是与所有人类的价值绝缘。无论她想拥有什么样的价值——体面、事业，所有的一切，她的职业都与这一价值相冲突。其中，最强烈的冲突就是她的爱情。这样一来，戏剧化的故事立刻成为可能。

　　一般情况下，妓女爱上了一个男人，决定放弃自己的营生，然后千方百计不让这个男人知道自己的过去。《安娜·克里斯蒂》（*Anna Christie*）、《安妮恨史》（*Anna Lucasta*）和很多故事都是这个模式。冲突以二选一的方式得以解决：男人总会发现真相，他要么接受真相，谅解了女人（大团圆结局）；要么谴责女人，然后自杀，女人从楼上跳下去（悲剧结局）。大多数人也就只能这样处理这一冲突。

　　想要提升这一冲突，那就问问自己：怎样才能让女人更为难。假设，女人的爱人知道女人的过去，已经谅解了她的过去，但女人发现，如果这个男人娶了自己，就会毁掉他的事业。如果他的妻子以前做过妓女，这个男人永远无法达成他的人生目标。男人不肯放弃女人，于是女人必须让男人放弃自己，要做到这一点，她只能假装自己还是妓女。女人必须深深伤害男人，让男人鄙视自己——而这一切都是为了这个男人。如果这样写，就是《茶花女》（*The Lady of the Camellias*），这也是迄今为止最好的、最悲剧的、最戏剧化的情节结构之一（正因为如此，这个故事才生生不息，有那么多蹩脚的模仿之作）。

　　我们再列举一个陈腐的情节主题：女人为了自己深爱的男人，向自己不爱的男人出卖肉体。一般情况下，比如说在歌剧《托斯卡》中，反面人物知道这个女人爱着另外的男人，就对这个女人说，如果女人和自己睡觉，他就饶了女人所爱的男人。女人做出了牺牲，接下来不得不对自己的爱人隐瞒真相。这一冲突挺不错的，但简单，是单线冲突。

　　现在，问一问自己，怎么才能让人物的处境更加艰难。假设这个女人出卖了自己，但对方（男人 A）并不是强迫她的恶棍，而是真正爱她的人，她尊敬这个男人，也很看重男人 A 对自己的爱。男人 A 不想做交易，女人必须对他隐瞒自己在交易的事实——女人必须出卖自己，以此拯救她真正爱的男人 B，而男人 B 正好是男人 A 最仇恨的人。这样的冲突就要戏剧化得多。这是《我们活着的人》的情节主题。

　　我问过自己：怎么处理这一冲突才能让身处其中的人物更加为难？我让冲突变得更为复杂，给标准化的情节主题带来了新意。

　　同样的行动场景中，涉及的冲突越多，参与者的价值观越严肃，你越能从中建构出更为戏剧化的场景和更紧凑的情节。

作者一旦开始**展开**情节主题，所有的事件都应该源于这一情节主题。比如说，《巴黎圣母院》的副主教把吉卜赛女孩抓了起来，宣判女孩的死刑，接着他提出，如果女孩把自己献给他，他就让女孩逃走。这就是用行动展示了情节主题冲突的戏剧性。假设副主教没有策划女孩被捕，他只是一条支线，想要帮助女孩逃跑以此换得女孩的肉体，这就不是情节结构（这本书会丧失四分之三的戏剧性。）

小说中，巴黎的流浪汉围攻了巴黎圣母院，想把女孩救出来。其中的领导者之一是副主教的弟弟，一个放荡而无用的花花公子，他代表的是副主教所有理想标准的对立面，而副主教唯一的世俗价值观就投射在这个女孩身上。在一场恶斗中，被副主教一手带大的卡西莫多，抓住这个男子的双腿，将他的头撞到教堂正面的墙壁上。

如果没有这个弟弟，副主教的价值冲突就没有这么明显，他的悲剧就没有这么突出。围攻教堂有一定的情节价值，其中的悬念是：女主人公是否能够逃掉？再加上副主教戏剧性地失去了弟弟，这一事件的戏剧性就强了很多。

《巴黎圣母院》中，每一事件的处理原则都是一致的：尽可能让人物的处境更为艰难，把小人物的悲剧与事件的主线联系起来。最好的例子是故事中女孩的母亲。她隐居在修道院，唯一的心愿就是找到多年前被吉卜赛人偷走的女儿。这个女人仇恨所有的吉卜赛人，尤其仇恨女主人公。到了最后，故事的高潮部分，这个女人紧紧抓住女孩的胳膊不放，追赶女孩的士兵有了足够的时间赶上来，发现了女孩。就在这一刻，她发现这个女孩就是自己的女儿。为什么称这样的处理戏剧化？雨果给了这个老女人和这个女孩最艰难的冲突选择：这样的时刻，这样的方式，还能有更糟糕的境遇和更揪心的发现吗？没有。

这一次要情节没有涉及情节主题，或者说不是情节主题的重要内容。但是，雨果在展开故事的过程中，恰如其分地把这一情节融入了事件的主线。反过来，如果这位老母亲在高潮部分没有服务于情节的目的，她就是不相干的人，就不应该出现在故事中。

到了最后，副主教和卡西莫多站在教堂的塔顶观看女孩的死刑。如果副主教是不小心从塔顶摔下来的，那就是虎头蛇尾的大败笔。这样写就完全没有目的，因此就没有意义。但雨果这位戏剧大师是怎么做的呢？忠心耿耿的卡西莫多看到副主教对死刑心满意足，把他从塔楼上推了下来。这一场景用行动解决了他们之间的价值冲突。

接下来，副主教被喷水孔钩住，挂在人行道上方，这一幕是大手笔的戏剧化表现。这一幕用现实的场景展示了小说的主要冲突和其解决方案：女孩在下方的广场被执行死刑，卡西莫多站在上面哭泣，副主教命悬一线，极度恐慌，最终摔死在人行道上。

这是文学中最让人满意的解决方案之一。（只从戏剧价值的角度而言。判断戏剧价值，就是看作者设定的冲突本质。）雨果非常有技巧，他没有让副主教立刻摔死，他要让副主教明白这一惩罚的本质。副主教有几分钟的时间，他的灵魂（也是读者的灵魂）清醒地认识到了整个主要冲突的精神意义。

如果你明白了是什么样的机制成就了这个好故事，就明白了情节建构的实质。

《巴黎圣母院》非常吸引读者，让读者感到紧张害怕。如何造就这样的效果呢？隐藏在写作风格之下的是情节结构的骨架，而决定情节结构的是情节主题。小说最后的一幕幕场景紧紧抓住了你的注意力，因为这些场景有逻辑地解决了主要冲突，也正是这一冲突一直吸引你阅读到最后。如果最后的场景无中生有，就抓不住你的注意力。

当然，没有好的写作风格，也写不出好的场景，但风格是次要问题。全世界最好的风格也挽救不了没有情节的故事。面对这种故事，你也许可以这样说：遣词造句非常棒，但也仅此而已。《巴黎圣母院》的高潮部分有力量，那是因为好文笔和好故事合二为一，而好故事就是：大手笔的情节结构，大手笔的解决方案。

　　现在我要说一说戏剧和情节剧的区别。

　　戏剧主要是一个人内心（要用行动表达出来）的价值冲突，情节剧则只是一个人与其他人的冲突。（这是我本人的定义。字典上通常把情节剧定义为"夸张的戏剧"，但我不能苟同，因为它没有说清楚什么是夸张，什么是不夸张。）

　　个人与他人的冲突，是侦探故事和西部故事的模式，对立双方没有任何共同之处，他们因为利益的对立而对立——比如说侦探追捕罪犯。这是冲突，也可以基于这样的冲突建立不错的情节，但情节中所有的危险都是实际的，都是外在的。侦探只有一个目的：抓住罪犯。罪犯也只有一个目的：逃跑。读者唯一的兴趣线是：谁更聪明？这不是真正的戏剧，只是行动的戏剧。

　　但是，假设侦探得知罪犯是自己的儿子。他就会深陷矛盾，一边是对儿子的爱，一边是警察的职责。他的精神层面就有了冲突，这是内心的价值冲突，故事也就从侦探小说升华为戏剧。

　　我的小说《源头》和《阿特拉斯耸耸肩》的主人公分别是罗克和高尔特，他们二人没有矛盾的价值观。但是，通过他们的朋友，或他们所爱的女人，他们有了内心的冲突。这两个人内心冲突的主线都与他们对女人的爱有关，他们爱的女人没有到达他们的精神高度，他们依然以某种方式与传统世界相连。主人公有了所爱的女人，他陷入了冲突中，在世俗的世界中有了牵挂。罗克和多米尼克这一对，错在多米尼克，她坚持的哲学体系虽然不是非理性的，但却是错误的。等她一旦掌握了正确的哲学，冲突消失，主人公的爱情和事业就一致了。（如果主人公爱的是非理性的、永远不会纠正自己观点的女人，那又会怎样呢？理性的男人不会爱上这样的女人，或者说即便爱了，也是短期行为。他一旦发现这个女人是非理性的，就爱不起来。）

这就说明了我的前提：不合理的东西是无能的。只有合理的东西（错误但合理）才能伤害合理的东西。正如《阿特拉斯耸耸肩》中高尔特对达格妮说的："我现实中的敌人伤害不了我。你可以。"

在《源头》中，罗克为事业的抗争还算不上戏剧，那只是情节剧。他为自己的价值而抗争，社会持相反的价值站在他的对立面。但是，他与多米尼克的关系、维南的关系，还有卡梅伦的关系——这些人站在他和社会之间——他为了这些人的灵魂而抗争，这就是戏剧。

个人与社会抗争的故事，结构要好，就要有内心价值冲突的戏剧元素，要涉及两个敌对阵营中的人。这些人割裂地存在于主人公的世界和与主人公不相容的世界，主人公关心他们的灵魂，戏剧由此而来。

《巴黎圣母院》中发生的事件，放在今天，可能会被称作极端情节剧。但是，推动这些事件的是人物内心的精神冲突，它们其实是戏剧。比如，有人从高楼上掉下来，挂在一根杆子上，过了一会儿，摔在地上，死了。这有一定的悬念，同样的事件到了雨果手里，就是戏剧，与精神层面相关，不是情节剧。或者我们来看一看情节剧的套路：有个女孩被绑在铁轨上，火车就要从她身上碾过。如果是反派角色把她绑在了铁轨上，这就是情节剧。但是，如果是这个女孩所爱的男人出于某种原因，把她绑在了铁轨上呢？这样写，很粗糙，但我还是要把它归为戏剧。

《阿特拉斯耸耸肩》中，我故意使用情节剧的套路来达到更深层的目的。在结尾，女主人公乘坐的飞机失事了，她的命运到底如何呢？这是留给读者的悬念，老电影中经常用到这样的情节剧套路。但是，如果加上精神层面的意义——读者知道《阿特拉斯耸耸肩》的女主人公在追求什么，知道她为什么会有这样的处境，飞机失事就成了戏剧。这部小说的最后一章也是如此，我们看到拉格纳飞身一跃，从窗户跳出去救高尔特。如果仅仅是救人，如果没有体现精神层面的价值冲突，这就是情节剧。但是，如果这样的实际行为与严肃而重大的价值冲突相关，那就是戏剧。

从这一角度出发，我同意维克多·雨果的做法，只要内核是戏剧，情节剧的行动（实际的危险或行动）用得越多，故事就越生动。如果你能将两者结合起来——也就是说，你能够用连贯的、有逻辑的、具体化的表达来传递精神冲突，那你就写出了高级的戏剧。

可以想象这样的故事：某人只是在与自己抗争，即唯一的冲突存在于他的身上，其他的人物都是被动的。他的价值观互相对立，他采取行动追求其中的一个目标，就能产生符合逻辑的情节进程。他面对两个女人时举棋不定，她们一个代表神圣的爱情，另一个代表世俗的欲望。他可以陷入非常戏剧化的场景，其中两个女人不是他的对立面，而是他的陪衬，他采取行动对抗她们，维护她们。如果有这样的故事，那就太精彩了。可我还从未见过这样的故事，从技巧上而言，这很难做到。

戏剧的常见模式：两种冲突，一种存在于主人公的内心，一种存在于他与其他人的对抗。这就能造就出最好的、最复杂的情节结构。比如说，《阿特拉斯耸耸肩》中的里尔登举棋不定，到底是辞掉工作，还是继续抗争呢？这是对抗外界力量的冲突。与此同时，他对达格妮的爱和他对妻子的职责相冲突。这是内心的冲突，但让他与外界的抗争变得更为复杂，最终几乎导致了他抗争失败。

此处，重点在于整体性。假设里尔登的爱情冲突与他的经济冲突毫无关系，前者是私人的，后者是公开的，两者就绝不会在故事的事件中碰头。这样一来，两种冲突完全是偶然地存在于同一个故事中，这样的情节建构就很糟糕。

总而言之，建构情节，必须先有冲突，但并不是所有的冲突都足以建构小说。许多冲突是"单个事件"的冲突，太简单，很容易就能解决，无法支撑复杂的结构。也许可以用这些冲突来写短篇故事，仅此而已。

短篇故事篇幅有限，可以很好地处理单个事件——提出一个问题，解决这个问题，不要太复杂。短篇故事中事件太多，就不行；篇幅短，事件多，就写成了梗概，可以扩得更长些。

小说理应涉及一系列的事件。小说也可以围绕一天的事件展开，但要通过倒序等方式把这一天事件进行扩展，建立复杂的结构。

中篇小说介于两者之间，中篇小说处理的事件可以不止一个，比如《一个人》这本书。《一个人》用一种浓缩的、几乎"印象主义"的方式呈现了一系列的事件。另一方面，单个事件的短篇如果需要很多细节，也就会写成中篇小说。

你想要什么样的长度？你的主要冲突是否足够复杂？是否可以支撑事件的展开？如果想写小说，情节主题的复杂程度必须远远超过短篇的情节主题。

情节主题就是行动上的冲突，其复杂程度要足以支撑有目的的事件进程。情节的定义是事件有目的的进程，情节主题就是一粒能够长成树木的种子。那么这粒种子是否可以长成一棵不错的树呢？问一问自己：我是否已经让主人公置身于最糟糕的情景中？我是不是已经让主人公的价值观最大限度地产生冲突了？

如果你已经选择了最大的冲突，如果这些价值举足轻重，你就有了一粒好种子，可以写出好的情节结构。

第五章　高潮

　　在故事的高潮部分，人物所有的冲突都能得到解决。高潮出现，故事也接近了尾声，有多接近尾声呢？这取决于故事的性质。有时，高潮就是最后的事件，然而，一般情况下，还需要几个收尾事件来展示这一解决方案的结果。

　　比如说，《我们活着的人》的高潮是：安德烈发现基拉是里奥的情妇，还有作为同一进展的一部分，安德烈公开反叛所在政党时说的那番话。之后的事件只是总结。

　　《源头》的高潮是科特兰爆炸事件和罗克的审判。

　　《源头》处理的主要问题是：罗克与社会的冲突；罗克与多米尼克的冲突，后者相信在这个世界上合理的东西不能取胜，而不合理的东西很强大，它们总是胜利者；罗克与维南的冲突，后者认为追逐权力（用武力统治人类）

是实现自己理想主义价值的现实方式；罗克和基廷的冲突——原创者与二手货贩子，后者总是想利用别人的才智，而不是自己的才智来上位；罗克和图希的冲突，后者全力执行不合理的权力哲学。

科特兰住房计划的爆炸解决了上述所有问题。

科特兰爆炸事件（以及其后果）让我们看到了罗克在与社会的抗争中胜出。因为爆炸事件，多米尼克认识到无论抗争有多么艰巨，合理的东西终究会战胜不合理的东西，她回到了罗克身边。科特兰这场官司，维南想为罗克辩护，他认识到了自己的整个人生规划是错误的，他想追求的权力，即控制人的权力，只能摧毁自己的价值，绝不会服务于自己的价值。基廷作为二手货贩子，一生都在追求上位，科特兰住房项目是他这一努力的高潮，也是他无望地走向毁灭的最后一幕。图希处在权力的顶峰，在科特兰这件事情上，他调动了所有公共舆论的集体力量，最终失败了。

这就是复杂情节高潮的模式——行动的高潮，而不是动嘴皮子。我必须设计出行动，这一行动戏剧化地表达并且解决了上述所有的冲突（还有很多小冲突），展示出每一冲突的获胜者和失败者，及其获胜或失败的原因。不是所有的小说都像《源头》这么复杂，但如果知道了《源头》如何在高潮部分整合所有冲突，你就能建构自己故事的高潮，也许你的故事涉及的问题要少一些。

（如果你是写第一部小说，我觉得你不应该尝试写《源头》这么复杂的东西。但是，文学生涯中，就没有"应该""不应该"。如果你觉得自己可以办到，那就大胆地写吧。）

高潮就是情节主题冲突的最坏结果到了公开的阶段，人物必须做出最后的选择。要判断故事的高潮，可以这样问：它是否解决了主要冲突？如果没有，故事的结构就不怎么样。

如果你知道故事的情节主题，就知道什么才是恰当的高潮，也就知道你是否辜负了这个故事。如果主要冲突只是慢慢消失，或者没有明确解决，你就没有让读者真正看到人物做的最终决定，这样的结尾就不妥。

高潮不一定要局限在一天或一个场景的范围。高潮的篇幅也没有规定，只取决于故事的性质和待解决的问题数量。舞台剧中的高潮通常用一幕戏来展示，小说可以涉及数个事件。但是，这些事件必须是系列的续发事件。比如说，科特兰爆炸事故和罗克的审判有几个章节的篇幅，但这一部分所有的事件都有内在的联系。爆炸事件启动了高潮，其他的事件——比如说图希的行为、维南的失败、罗克的审判和胜利，都是爆炸带来的，或者是包括在其中的。

突降法指的是高潮之后的故事进展与高潮没有关系。比如，科特兰庭审之后，如果我让罗克和维南因为某栋楼未付委托金而争吵，那就是突降。考虑到他们之间必须解决的问题，委托金的问题微不足道。如果这样写，其唯一的功能是破坏高潮的重要性。

高潮之后，不要去解决小问题。多线索的故事，小角色的问题如果没有在高潮部分得到解决，就必须放在高潮之前解决。比如，《我们活着的人》中关于伊莉娜和萨莎的次要情节。基拉在边境被枪杀，如果我在这之后再展示伊莉娜和萨莎被送到西伯利亚的命运，就成了突降。《源头》中，基廷和卡蒂的爱情贯穿整个故事，挺重要的，必须给出结局。但是，如果在多米尼克开车回到罗克身边之后，再展示他们在维南大楼顶上的见面，就不妥。

但是，在故事结尾之前，你应该解决所有的冲突，这一点很重要。小说的结构不好，其中有一方面原因很是让人不爽：作者经常在故事中放置小问题，但就像是忘了一样，让它们悬而未决。（当然，小说如果很糟糕，可能连大问题都没有解决。）在这方面，契诃夫有一条规则挺不错的，不仅适用于戏剧，也适用于小说：如果你不打算在第三幕把墙上的枪取下来，就不要在第一幕的时候挂上去。（违反这一规则，就成了转移注意力的"红鲱鱼"。）

你在建构情节的过程中，首先要把高潮的事件想好。假设你有了主题和题材的想法，但还没有设计好高潮，那就不要从头开始写故事的大纲。如果你设定了很多有意思的冲突，也有了看起来相关的事件，但不知道最终该朝哪儿走，然后你挖空心思想设计出解决所有冲突的高潮，那这一思维过程就太折磨人了（而且你也想不出来的）。因此，在规划故事的过程中，一定要尽早找到高潮。首先，设计出能够戏剧化表达并且解决故事中所有问题的事件，然后再思考什么样的事件能够让人物走到高潮，以此倒推情节的其他部分。

这个例子也很好地解释了目的因。要判断故事应该有哪些事件，就必须知道故事的目的，也就是故事的高潮。知道了故事的高潮，你才能着手分析哪些效力因能让人物按照逻辑一步步地走向决定性的事件。

构思故事的过程中，哪个元素必须先行，这并没有规定。如果幸运，作者有时能够先设计出高潮，换句话说，他们有了构成故事高潮的戏剧想法，然后倒推去构建情节（这一过程简直就是享受）。这完全是偶然事件。你要讲**什么样的**故事，并不是偶然，这取决于你的前提。但是，你是先想到人物，再加上其他的元素，还是先有抽象的主题或先有冲突场景——这是偶然的。无论你从哪个点开始，都可以。无论你从哪儿开始，都要完成整个循环，都要囊括所有的其他元素。

唯一的规则是：你必须提前知道故事的高潮部分（戏剧化的表达角度），然后再列出如何一步步地走向高潮。

有人说，百老汇到处都是写好了第一幕的剧本。很多人都可以想出引人入胜的第一幕，但不知道如何继续。但是，优秀的剧作家是从第三幕开始写剧本的。一开始，他不一定把第三幕或高潮部分写到了纸上，但他脑子里有。

我曾经问一位写通俗故事的女作家她的写作方法，她轻快地说："哦，我扔一把人物到空中，让他们自由落下。"她的故事读起来也是这样的。这是反面例子，很糟糕的。

同类型的还有那些现代作家，他们想写"青少年的心境"或者"在私立高中追寻人生的意义"。他们随心所欲，想到什么写什么。看他们写出来的故事，搞不懂为什么要选这件事而不选那件事，也搞不懂写这件事的目的是什么。凡是这样的大杂烩，作者开始写就没有明确的计划，只是靠着感觉在写。

大纲和故事的关系，好比蓝图与建筑。没有蓝图，不能修大梁，不能镶窗户边，要判断压力和张力，就要规划，就必须要有蓝图。建构故事也是这样的。

脑子里有一份大纲就可以了，不一定要写下来。但如果故事复杂，写下来能助你一臂之力。你脑子里有一个大概的故事，觉得一切都井然有序，可是，一旦写下来，你可能会发现有些部分冗长无趣，或者漏掉了事情后续发展戏剧化的必要元素。

我说写大纲，并不是要客观地写一份外人都看得懂的剧情梗概。我写大纲，都尽可能地简洁，我称之为"标题大纲"。比如说，最终写进《阿特拉斯耸耸肩》的事件都在我的大纲里，但都很简洁："[第一章]'约翰·高尔特是谁？'埃迪·威勒斯，塔戈特洲际铁路，詹姆斯·塔戈特。科罗拉多路线有麻烦。塔戈特的逃避。"[①] 我写大纲的时候，脑子里的东西肯定比这个具体得多，但我只是写下大标题提醒自己事件的进程，对整体结构有个居高临下的把控。

写大纲，应该详细准确到什么程度呢？没有定论。你需要对整体有个把控，需要清楚故事的结构，所以要明白自己脑子里能记住多少，需要写下多少。

真正开始动笔时，并没有规定说你要从第一章开始写。如果大纲写得好，知道前进的方向，顺序完全可以随心所欲。有些作家先写结尾，或先写特别想写的场景。只要有足够好的技巧可以做到无缝衔接，编辑整合，作品读起来

---

① 参见大卫·哈里曼（编辑），《安·兰德日志》（纽约：杜登出版社，1997），第532—540页。

就像从头开始写的一样，就可以这样写。

我自己一直是从头开始写。有些场景或对话，我提前做笔记，但我只能按照续发事件的顺序来写，我处理的问题太复杂，每一幕很大程度上都依赖于前面的内容。如果开头部分的具体内容没有在我脑子里扎根，就具体化中间部分，我没法整合全部内容，或者说我一个场景都写不好。

我没法打乱顺序写，即便是像《一个人》这样简单的故事也不行，还有另外一个原因，写作的时候，我一直非常清楚自己之前写了什么。我写作的方法之一是在写作的过程中埋伏笔，也就是说，我在之后的场景里会提到之前的伏笔。比如，在《阿特拉斯耸耸肩》的最后，埃迪·威勒斯突然对达格妮说话（他想象中的），提到了他们童年的一段记忆，这一段伏笔埋在第一章。从我写第一章的那部分内容，到我写最后的部分，中间有 11 年的时间，但在写第一章的时候，我知道这一伏笔的目的。哈雷的《第五协奏曲》也是一样的处理方法，《阿特拉斯耸耸肩》第一章出现的描述，一字不差地复制到了最后部分。读者第二次读到相同的文字，其意义就要丰富得多。在第一章，这段文字是概括抽象情感，到了最后，这段文字是故事所有观点的哲学情感总结。

我喜欢在前面的文字中埋下小小的伏笔，之后再兑现这些伏笔。并不是说优秀的作家一定要这样做，我提到这一点是想说明为什么我喜欢从头开始写。但是，从头开始写，真的不是什么绝对的规则。

唯一绝对的规则是：无论是从头开始写，从中间开始写，还是从结尾开始写，你都必须从结尾**倒推情节**。

第六章　如何提高构建情节的能力

　　大家都听过"艺术没法教"的说法。从某种意义上说，写作也是没法教的，但从另一个角度而言，写作又可以教。

　　学习物理或历史这样的学科，有意识地消化吸收事实很容易。这样的学科可以教，因为其中涉及的事实是可以交流的。像打字这样的实际操作技巧也可以教。但是，要学会打字，光听讲述事实的课程不够：你必须要练习。首先，你要学会如何移动手指，如何敲击键盘，这一过程要慢慢来，需要付出有意识的努力。接下来，学习打字就是把移动手指和敲击键盘变成能够自动完成的技能。

　　最开始，手指如何弯曲，如何去够字母，如何保持节奏，你都要边做边想。随着练习越来越多，速度就越来越快，到了最后，你就可以盯着稿纸盲打，手指仿佛是"本能"地完成了动作。如果熟练的打字员被问到是怎么办到的，她可能会说："就是那么办到的。"

跳舞，打网球，所有的身体技能都是这样的。一开始，有意识地学习，等到可以自动完成之际，你就掌握了这一技能，也就不再需要有意识的注意力。

我要具体说一下，从事艺术领域，必须具备什么样的自动的"本能"。

之前我说过，写一个句子都是很复杂的事情（参见第一章）。我说，你不可能在显意识的状态下写出句子来。你坐下来写作，句子以某种形式冒了出来，你可以修改这句话，改得更好——但是，你不能在显意识的状态下写句子，你不能像参加物理考试那样根据学过的事实来答题。

这就是为什么写作的过程是无法教的——并不是因为写作是神秘的才能，而是因为写作涉及非常复杂的思维整合过程，没有老师可以监督你的这一过程。所有的理论，你都可以学到手，但是如果你不练习，如果你没有实际地写作，就没法运用这些理论。

老师只能给你解释写作的元素，建议你如何思考和练习，这些东西都有助于你写作。我给你的方法也不足以让你一觉醒来就有了创作情节的才能。但是，如果你明白一般的规则，懂得什么样的思维练习能够帮助你整合出创作情节的能力，你就能获得这样的才能。

现在，我就来讲几条训练情节想象力的一般规则。

具体化地表达抽象概念

做人是这样，写虚构作品也是这样，你都需要具体化地表达抽象概念。

日常的生活中，你思考，阅读，不断地处理若干宽泛的抽象概念。如何具体化地表达这些概念？如果你只有一个大概的想法，它就是"漂浮不定的抽象概念"，如果针对某个概念，你只能列出一两个具体的例子，对你而言，它就是半漂浮的抽象概念。也就是说，对这一概念如何应用于现实，你有些了解，但你的了解非常有限。比如，有人问你，你所说的"独立的人"是什么意思，你回答说，就是"可以自己思考的人"，这个具体化的例子不错。但对于理解"独立"这样的抽象概念而言，这么一个例子是远远不够的。

发现自己有漂浮或半漂浮的抽象概念，就要具体化地表达它们。如何表现抽象概念？

比如，"爱，嗯，人人都知道爱是什么"，这样说毫无意义。要解释清楚"爱"这个词，先可以这么说："爱是一种人类的情感,是对价值的欣赏。"这是一个合理的哲学定义,但还没有做到具体化。要具体化地表达爱,就必须讲清楚爱是什么意思。不仅要讲清楚爱的感觉,还要讲清楚如何从他人身上看到爱。作者必须用具体化的例子来表达抽象概念。只是作者心里明白,那是不够的,作者必须让读者也明白。读者只能从外界,通过实际的途径来了解作者内心的抽象概念。你可以具体地想一想:有一对相爱的男女,他们会做什么?他们会说什么?他们会寻找什么?为什么要寻找?这些就是具体的现实,而背后的"爱"只是一个宽泛的抽象概念。

你没有必要把全套的概念都具体化表达一番。只要发现自己有漂浮不定的抽象概念,一开始,就选自己最感兴趣的,或者随意进行。只要脑子空下来,坐公交车或刷牙的时候,就可以这样做。总方针是:训练自己的思维,具体化地表达所有的抽象概念。就像打字一样,一开始你必须有意识地、规规矩矩地练习。到了最后,这就成了自动的思维习惯。

(例如与情感、价值、美德和行动相关的这类抽象概念,所有的作者都在用,但几乎没有人实实在在明白,我建议大家从这些概念入手。大多数有头脑的成年人觉得自己明白与人类相关的抽象概念——爱,恨,愤怒,独立或依靠，自私或无私，但如果让他们用具体的事实来表达这些概念，还真没有那么容易。）

你要创作情节，首要条件就是脑子里不能有漂浮不定的抽象概念——因为行动是具体的、实际存在的。抽象概念没有行动。

一旦你所有的抽象概念都与具体化的例子联系起来，你就知道如何用行动来诠释主题。你想通过写故事来表达主题，一开始出现在脑子里的就是抽象概念。把这一抽象概念转化为情节，你需要"本能"地调动大量的具体化例子，以供潜意识挑选出与主题相关的内容。

比如，要表现个人主义和集体主义的冲突，在这两个抽象概念之下，你必须储备大量具体化的例子——有个人领域的、政治领域的，还有哲学领域的。你的潜意识就能够从这些储备中进行挑选，整合出表达主题的戏剧化事件。你没有必要在显意识层面去思考：罗克是个人主义者，他当然不会做什么住房项目，但也许他也会做，那在什么条件之下才会做呢？嗯，什么是个人主义者？什么是"个人主义"？

我在写这本书的时候，并没有特意在显意识层面思考。《源头》高潮部分的想法是突如其来的，就像苹果砸在牛顿头上。有一天，我在外面的某个零售店吃午餐，当时我是在想高潮的事情，脑子里突然就有了住房项目的想法。但是，"幸运的偶然只眷顾有准备的人"，换句话说，因为（在这之前）我在制定《源头》大纲和主题的时候，就进行了大量的思考，我才突然有了这个想法。

因为这样的偶然，有些作者并不审视自己的思考过程，他们就说："呵，写作是神秘的才能——灵感就那么降临在我头上。"但我善于审视自己的思考过程，我非常清楚这些事情是怎么一回事。脑子里突然就有了想法，在这之前，潜意识是如何运作的呢？我并不知道。但是，我知道潜意识的运作有点像计算机的运行。如果你给计算机输入了合适的数据，提出了它可以理解的问题，计算机就能给你答案。你不需要知道里面的电路是如何运行的。

尽可能给每条抽象概念多储备一些具体化的例子，放在潜意识中，但不要放在心上。潜意识记得住。遇到某个复杂的主题，需要复杂的整合，你可以（在计算机上）输入"我需要能够解决问题 X 和问题 Y 的高潮"，具体的例子就在潜意识当中。此时，你的思维是一系列抽象概念。如果这些概念完全在你的掌控之中——也就是说，它们并不是没有内容的、漂浮不定的抽象概念，你的潜意识就能完成连接，给出答案（其速度取决于问题的复杂程度）。

从抽象到具体，从具体到抽象，你必须能够来回穿梭。

换句话说，你可以具体化地表达抽象概念，反过来，你也可以从**具体化**的例子中提炼出抽象概念。

训练自己的思维，无论什么样的具体化例子——人、事件、性格特点，无论是什么，你都能从中看出其中的共同之处。"我看到一定数量的人有行为 X。背后的前提是 Y。"

这样的思维方式就是从一定数量的具体化例子中提炼出概念或普遍原则。

不断提炼出抽象的总结，就能积累很多不错的素材。比如，你也许看到了人们某种有特点的行为，很值得写一写。但是，如果你没有把这一具体行为与某个抽象概念捆绑在一起，就直接储存到潜意识中，那么这一观察就丢失了。这只是你观察到的一个具体的行为，对你没有价值。

所以，要把自己的观察与抽象概念联系起来。比如，有人咄咄逼人，同时也恐惧不安。你可以得出结论：他只是装样子，实际上是个懦夫，咄咄逼人是他的盾牌。这样就把具体化的例子归在了抽象概念之下。对于作者而言，这样的观察就有价值。

知道了抽象和具体之间的关系，就会明白如何把抽象的主题转变为行动，如何赋予行动表象以抽象意义。你可以把一开始的哲学抽象概念转化为冲突、高潮和情节。或者一开始脑子里出现的只是情节构想，乍一看没有哲学意义，你也能从中找到意义，展开这一构想，写成严肃的故事。

如果你没有掌握抽象和具体之间的关系，要一步步地走这一过程，那是痴心妄想。你必须能够身轻如燕地自由穿梭在抽象和具体之间，才能赋予行动表象以哲学意义，才能用有行动的故事来表达哲学理念。

情节行动指的不仅仅是实际上的行动，也不仅仅是精神或思维上的行动。有些作者认为，一个人出门一趟，然后回到家里，这就是情节行动（他是有所行动呀！），正如有些蹩脚的情节剧作者认为：有人追逐另一个人，五分钟的飙车或骑马飞奔，这就是情节行动。这是错误的，因为没有用身体行动表现内心冲突。

这两种方向都是错的：附庸风雅的现代意识流小说；蹩脚的情节剧——故事人物脚不沾地跑上跑下。（后者有行动，但为什么这么乏味呢？因为只有身体上的行动。）情节行动要恰如其分，就不能只是肢体行动，也不能只是精神层面的活动，而应该将两者结合起来，用身体行动来表达其中的精神活动。

要建构好情节，（至少是剧作家身份的时候）你的思维和行动需要尽量和谐统一，如果在某种程度上，你的思维和行动是分裂的，你构建情节的能力就会受到束缚。

故事就像灵魂和肉体的关系。无论你的起点是肉体（行动）还是灵魂（抽象的主题），你都必须把两者结合起来。作者要恰如其分地整合思维和行动，思考就不能局限于实际的具体的例子，也不能局限于漂浮的抽象概念。

从冲突的角度来思考

场景要恰当，需要价值上的冲突。因此，真正的小说作者关注的下一个要点是：学会从冲突的角度来思考。

以下是有价值的练习。现代主义的电影、电视剧或小说，情节似乎不重要，你看到某个故事开头很有意思，慢慢没趣了，那就想想用同样的开头，你能写出什么样的故事，是否能够给故事注入有重要价值的真正冲突。几乎所有的现代主义的故事作品都浪费了好开头（但有些故事，即便是用来做纠正的价值都没有，完全没有任何情节基础）。

我可不是建议你剽窃。我只是建议你以此来训练思维，给杂乱无章的事件和人物赋予有目的的情节结构。指导思路：从冲突的角度来思考。

　　我事业刚起步的时候，塞西尔·德米尔 [1] 的一番话让我很受启发。那年我刚到好莱坞，22 岁，已经对情节有很强的感觉。但是，虽然我能看出什么是优秀的情节故事，但还不能在意识层面鉴别出优秀情节故事的特点。听了德米尔的一番话，我感觉拨云见日。

　　他对我说，好故事的关键在于"场景"，他的意思是，拥有复杂冲突（情节主题）的最优秀的故事，是能够用一句话讲出来的故事。换言之，如果基本的"场景"（当然不是整个故事）能够用一句话说出来，就能造就优秀的情节故事。

　　他给我讲了一件事——他偶然买了一个剧本，推出了他最成功的默片电影之一——《过失杀人》。原作是一本小说，一个朋友给他拍电报，建议他买来做电影。这位朋友只用了一句话介绍这个故事："正义而年轻的地方检察官不得已要起诉自己所爱的女人，后者是娇宠的女继承人，因交通事故让一位警察丧命。"德米尔只知道这一点，便买下了整个故事。

　　这样的一句话囊括了好故事的所有元素，因为你从中看到了冲突。有了这个，你就知道必须建构什么样的事件

────────────

[1]　塞西尔·德米尔（Cecil Blount DeMille，1881—1959），美国电影导演，好莱坞影业元老级人物。——译者注

让人物各就各位，什么样的事件是可能发生的。你不可能马上就抓住所有事件，因为其中涉及的选择很多，但是你看到了戏剧结构进程的可能性。

有了这种构想，戏剧性就有了保证。如果这样都写不好，只能说这人水平太差。

这就是你努力的目标。无论是你自己创作，还是你读书和看电视剧、电影时，都要学习去建构场景。想要成为情节作者，这是需要迈出的第一步，很有可能是最重要的一步。

叩问自己的情感

要构想事件，那就问问自己，你想看到发生什么样的事情。

之前的步骤是技术性的，现在这一步骤则涉及情感。一开始，你必须有个抽象的冲突，这之后，你个人的价值观和想象力是可靠的戏剧筛子。问问自己，你觉得什么样的冲突和事件有意思。这一招很管用。

提出这个问题的时候，不要用道德准则来审视或阻止自己。你只需要叩问自己的情感，之后再判断是否正确。不用考虑任何其他因素，尽情享受故事的情节。不要问这样的情节是否适合宣传，也不要问潜在的读者是否喜欢。

不要管其他的，只问你自己想看到什么。

这就是创作的最好出发点。

第七章　塑造人物

塑造人物就是呈现故事人物的本质。

塑造人物，其实是呈现人物的动机。一个人有了某种行为，如果我们明白他为什么这样做，我们就了解了这个人。非常了解一个人，就是知道"他为什么要这样做"，与之相对的是：只看得见此人的表面行为。

塑造人物主要是通过行动和对话，正如在真实的生活中，我们也只能通过别人的**行动和话语**来观察其性格。要了解他人的灵魂（意识），唯一的途径是看他实际的表现：行动和话语。这一点也适用于虚构作品。作者可以用描述性的语言总结人物的想法或感受，这也是塑造人物的一部分，但仅此一点不足以塑造人物。

作者给出的行动必须与作者对人物动机的理解浑然一

体，也就是说，读者可以通过行动来理解人物的动机。我讲过情节方面的这类循环：要展示抽象的主题，必须设计出读者可以推导出主题的具体事件。这一循环也适用于塑造人物：要展示令人信服的人物，就需要了解他行动的基本前提或动机——通过这些行动，读者就能找到这一人物的性格根源。

读者可能会说："他做得出这样的事，但做不出那样的事。"读者的判断依据是基于行动所暗示的人物动机。

这并不是说你笔下的人物必须性格单一，并不是说他只能有一种特质或一种情绪。你必须塑造出一个整体的人物。这个人物是完整的，他的言行有内在的一致性。

我想强调的是：人物身上可以有很多冲突和矛盾，但这些东西必须具有一致性。你选择的行动必须让读者明白："这就是该人物困惑的地方。"比如，在《源头》中，自始至终，盖尔·维南的行动都处在矛盾中，但这些矛盾的根源是一体的。如果人物的内心有矛盾，"我理解他"的含义就是："我理解他行动背后的冲突。"

如果人物"不成形"，即对这一人物，作者提供的信息统一不起来，没法聚合成整体，就没法成为可以理解的冲突。

辛克莱·刘易斯为其《阿罗史密斯》（*Arrowsmith*）的主人公设定的身份是伟大的医学家，但读者却看不到主人公真正献身医学的证据。

主人公第一次出场时还是个孩子："一个男孩子，盘腿坐在威克森医生办公室的诊断椅上，正在读《格氏解剖学》。他的名字是马丁·阿罗史密斯……靠着脸皮厚和倔强，14 岁的他成了医生的助手，但没有名分，肯定也没有报酬。"这个年龄的男孩，很少有想在医生办公室工作的，作者表示主人公对医学萌发了热爱。但是，我们来看一看下面的处理。办公室里摆放了"一具骨架，上面有一颗孤零零的金牙。晚上医生不在办公室，马丁带着朋友们来到这不可言说的黑暗中，在骨架的下巴骨上划燃了一根硫黄火柴，赢得了他们的敬意"。

我认为，这一处描写就足以摧毁人物的真诚。

真正献身医学的人在年少的时候，也很有可能会这样恶作剧，一时兴起，没有什么特别的意思。但是，你在塑造人物，这一举动被写到故事中，就有了深意。**艺术就是选择**。无论是写一件事，还是一个人，你都没法事无巨细地重现所有细节。因此，选择什么，忽略什么，就很重要，你必须非常留心其含义。如果介绍一个对医学真正感兴趣的男孩，然后又表现他傻里傻气地搞孩子气的恶作剧，他对医学的真心立刻就被削弱了。

作者接下来对阿罗史密斯的处理也是同一模式。作者表现了他大学时期对医学的热爱，都是零零散散的片段，几乎是辩护式的（作者的语气友好，有一种护犊的快乐）。另一方面，阿罗史密斯的社会关系和他对兄弟会的情谊却表现得非常细致。他所呈现出的阿罗史密斯就是个普通的男孩子，对待医学很认真，而其他人不把医学当回事，除了这一事实，他没有什么不同于其他人的性格特点，他就是众人中的一员。

一个人对科学有很大的激情（作品后来是这样表现的），但在大学期间是"众人中的一员"，我质疑这一点。任何一个人，如果真有抱负，他大概就会不太合群，特别是年轻的时候，他会遭到误解，被人厌恶。

作者把阿罗史密斯塑造成平常小伙子，把他的私人和社会生活与他对科学的态度分开对待，削弱了人物的塑造。除了特别描写医学的几个场景，读者根本感受不到人物的内心有任何驱动力。

从阿罗史密斯之后的职业生涯和他的爱情中，我们看到的是一个人在无望中跌撞前行。他的主要行动的确是走向他的挚爱——对纯科学的追求。但文中也有数个段落，相当于主人公说："去他妈的科学。我还是做个小镇医生，赚钱吧。"然后他又回到了科学身边。读者可能会说："这个人在挣扎，不知道是否要献身科学。"但故事并没有回答这些问题：为什么他要这样挣扎？为什么他有困惑？这些困惑如何与主人公的本性达成和解？

除了实验室方面，阿罗史密斯所有的笨拙无助都没有与他作为奋进科学家的力量整合为一体。这两种元素只是在人物身上共存，它们没有在逻辑上联系起来，也没有发生真正的冲突。结果就是，人物塑造含糊不清。到了小说最后，读者也没能搞清楚阿罗史密斯的动机，不知道他为什么要这么做。

相比之下，阿罗史密斯的妻子莉拉的形象就很清楚。从我们看到她的第一眼，我们就知道她是直面生活的女孩，理性而勇敢，追求自己想要的东西，公开表达自己的愿望。她的人物形象具有一致性，非常吸引人。整个故事，在所有不同的场景（包括一些非常复杂的情况）中，她一直都是直接而简单的。在读者眼中，她的形象更丰满，她的本质从未改变。

莉拉的行为不证自明。从她出场开始，读者根本不需要疑惑她为什么要那么做。读者的感觉是："这就是她这样的人要做的事情。"为什么会有这样的感觉呢？因为她的所有行动、决定和话语都呈现得很一致。

（唯一的例外是她对话中出现的败笔，大致的意思是"我只是个简单普通的女人"。她不是普通的女人，是真正的女英雄，从哲学的角度而言，我很不喜欢这样给角色贴标签。莉拉本人没有雄心勃勃地想要创造什么，这并不意味着她"只是个小女人"。我认为有可能刘易斯觉得莉拉是普通女人的对立面，他很喜欢这个角色，但从自然主义的标准来看，觉得必须让读者认为，他没有带个人情感，他很"客观"。他仿佛在说："不要觉得这很了不起。"对于自然主义者而言，任何存在的东西都"没什么了不起"。

你只能通过写出来的内容展示人物，但是，文字一旦写出来，每句话和每个行为后面就有了更多的含义。行为不可能发生在真空里，敏感的读者会自动关注每句话和每个行为的意义。"我看到了一个新角色。他行动背后的原因是什么？这一行动的前提是什么？这个人物说了某些话，他为什么要这样说？"

为了说明字里行间暗含的意义，我改写了《源头》的一个场景。这是两个主要角色霍华德·罗克和彼得·基廷之间的第一幕戏。请先读原来场景的对话（我省去了描写的内容），然后再读改写后的同一场景。注意我塑造人物的方式。你对这两个人有怎样的了解，你是如何了解的？你对这两个人有怎样的印象，是什么让你有了这样的印象？①

———————————

① 我在下文给出了这两个版本，虽然《浪漫主义宣言》中已有这两个版本，但此处安·兰德的分析更为全面。

（这天，罗克被大学开除，基廷以优异的成绩大学毕业。）

"彼得，祝贺你。"罗克说道。

"哦……谢谢……我是说……你知道，唔……母亲和你通消息了？"

"是的。"

"她不应该这样的！"

"为什么不应该？"

"我说，霍华德，你知道，我非常遗憾，你……"

"不必在意。"

"我……霍华德，我有事情想对你说。我可以坐下说吗？"

"什么事？"

"我想要谈一谈自己的事情，你不会在意吧，现在你……"

"我说过了，不必在意那事。"

"什么事？"

"你知道的，我经常觉得你疯了。但是，我知道你对建筑很了解。我的意思是说，那些傻瓜都不知道的事情，你知道。我知道你爱这个，他们不爱。"

"嗯？"

"嗯，我不知道自己为什么来找你，但是——霍华德，我从来没有这么说过，但你看呀，我宁愿听你的意见，也不愿听主任的——我很有可能会按着主任的意思做，但我觉得你的意见对我更有意义，我不知道为什么。我也不知道自己为什么要说这些。"

"好了，你不怕我，对吧？你要问什么？"

"关于我奖学金的事情。我的那个巴黎奖项。"

"然后？"

"奖学金是四年的时间。但是，另一方面，不久前盖伊·弗朗肯给了我一份工作。今天，他说还是想要我去。我不知道该选哪个。"

"彼得，如果你想要我的意见，那你已经犯下了错误。问我，就错了。问任何人，都是错的。不要问别人。自己的工作，不要问别人。你不知道自己想要什么吗？不知道，你怎么能受得了？"

"你看呀，这就是我佩服你的地方，霍华德。你总是知道如何做决策。"

"不要恭维我。"

"但我是真心的。你总是能做出决定，你是怎么做到的？"

"你让别人为你做决定，你是怎么做到的？"

下面是同一场景的改写：

"彼得，祝贺你。"罗克说道。

"哦……谢谢……我是说……你知道，唔……母亲在和你通消息？"

"是的。"

"她不应该这样的！"

"哦，嗯，我不在意。"

"我说，霍华德，你被开除的事情，我非常难过。"

"谢谢，彼得。"

"我……霍华德，我有事情想对你说。我可以坐下说吗？"

"说吧。如果能帮上忙，我很乐意。"

"我想谈一谈自己的事情，可你现在刚被开除，你不会在意吧？"

"不在意。但你这样考虑周到，我挺感谢的。"

"你知道的，我经常觉得你疯了。"

"为什么呢？"

"嗯，你对建筑的那些想法，没人会同意你的看法，有分量的人都不同意，主任不同意，教授也都不同意……他们都是懂行的。他们总是对的。我不知道自己为什么会来找你。"

"嗯,这世上有很多不同的观点。你想要问我什么?"

"关于我奖学金的事情。我得到的那个巴黎奖项。"

"我个人不喜欢。但我知道它对你很重要。"

"奖学金是四年的时间。但是,不久前盖伊·弗朗肯给了我一份工作。今天,他说还是想要我去。我不知道该选哪个。"

"彼得,如果你想听我的建议,就接受盖伊·弗朗肯的工作。我不喜欢他的作品,但他是非常有声望的建筑师,你会学到如何搞建筑。"

"你看呀,这就是我佩服你的地方,霍华德。你总是知道如何做决策。"

"我尽力而为。"

"你怎么办到的?"

"就是做而已吧。"

"但是,霍华德,我不知道哇。我对自己从来都不太肯定。你对自己一直都很肯定。"

"哦,也不是那样的吧。但我想,我对自己的工作是很肯定吧。"

从内容而言，改写的场景与原来的场景情节是一样的，但人物不一样了，特别是罗克大变样了。

在原来的场景中，对于被开除这件事，无论是基廷的看法，还是这个世界的世俗看法，罗克都是毫不在意的。"母亲和你通消息了？""是的。""她不应该这样的！""为什么不应该？"基廷觉得罗克这一天被开除了，自己的胜利会伤害到罗克。但是，罗克并不认同这种比较标准。罗克回答说"为什么不应该"，这就表明了两人的标准不同，这样的回答胜过任何其他答案。即便读者没有停下来分析这一句子，也完整地表达了这一含义："对我而言，你的这种成功算什么呢？我的标准不一样。"

在改写的场景中，罗克说："哦，嗯，我不在意。"他就接受了比较的标准，认同（但颇为大度）被开除是灾难，而基廷的毕业是胜利。

如果你要写这样的一幕场景，你知道主人公是个独立的人，但你还没有把问题理清楚，可能会这样想："他是个坚强的人，所以他会说：'我不在意这个。'"这就是你必须关注的隐含意义。如果他说"我不在意这个"，就明确地暗示了他的基本前提和动机。如果他说"为什么不应该"，其中暗含的意思就完全不一样。

在原来的场景中，罗克彬彬有礼，但并不在意。他不仅反对基廷的标准，而且他没有表现出想要讨论这些标准的意愿，但基廷如果有话要说，罗克还是愿意倾听的。基廷说："我……霍华德，我有事情想对你说。我可以坐下说吗？"罗克只是问："什么事？"这样的回答表明他对基廷礼貌周全，但同时也吻合他们标准不同这一点。

在改写的场景中，罗克说"说吧。如果能帮上忙，我很乐意"，这样说，他就不仅仅是礼貌周全，也表现出了兴趣。这就是矛盾，这种矛盾提出了另一个问题：他们的标准对立，为什么他会有兴趣？

在原来的场景中，罗克在某个点上表现出了友好。请注意这种友好源自何处。基廷说："嗯，我不知道自己为什么来找你，但是——霍华德，我从来没有这么说过，但你看呀，我宁愿听你的意见，也不愿听主任的——我很有可能会按着主任的意思做，但我觉得你的意见对我更有意义，我不知道为什么。我也不知道自己为什么要说这些。"这番话包含着对罗克的深深敬意：基廷承认罗克的标准高人一等，他表现出了真诚。此刻，罗克可以对此报以友好的态度，相当于说："如果你真是这样想的，我可以和你谈一谈。"请注意罗克表达友好大度的方式。他说："你不怕我，对吧？"他知道基廷怕他，为了交谈更为轻松，他就公开承认了这一点。

　　我看到有些年轻的作者受了我的影响，笔下的主人公吐字超不过两个字。主人公干脆利落，要么说行，要么就说不行，除了严苛，不会流露其他的感情，总是处在与人抗争的状态。这样塑造人物就很糟糕。这很片面。读者就会想："没有人会一直这样。人也不可能只靠着一个前提做事情。"

　　人物要生动，你就不能只给他单一的属性，或让他单调无趣。塑造生动的人物，就是把他的方方面面融合成一个整体，而他的基本前提则是这一整体的关键点。比如，罗克不仅是正直的人，不仅是与人抗争的人。他还友好，有魅力，他有慷慨大度的时候，甚至还有说话幽默的时候（整部小说中，我只能想起两处这样的情况）。他有很多面，但他是个整体，他的每一面都与他的基本前提一致。

　　罗克和基廷的这一幕，原来的场景说明：罗克可以对基廷大度友好，但只有在基廷承认罗克前提的语境之下才可以。

　　在改写的场景中，基廷说："我想谈一谈自己的事情，可你现在刚被开除，你不会在意吧？"罗克回答说："不在意。但你这样考虑周到，我挺感谢的。"这样说，他也表达了友好，但并不是因为基廷赞同了自己的标准，而是基廷安慰他的处境，但他被开除正是因为他自己的标准造成的。

这样一改，罗克的形象就变了，之前他是在别人值得帮助的时候施以援手的慷慨之人，现在成了期待别人怜悯的人。在这样的语境下，罗克的友好有了完全不同的意义。

再说一次，如果在处理这种场景的时候，你只有抽象的想法，想着"我要展示主人公的友好"，但还没有理清楚这种友好的本质，或没有把这种友好与主人公的其他前提统一起来，你就会犯下以上改写例子中的矛盾，而且还不知道自己为什么没能塑造出想要的人物形象。

在改写的场景中，基廷说："*你知道的，我经常觉得你疯了。*"罗克问："*为什么呢？*"这是因为罗克在意基廷的看法，甚至是在自我怀疑。在其他的语境下，在罗克有理由让基廷难堪的时候，可以挑战性地或讽刺地提出这样的问题。但在这一场景中，罗克这样说，是接受无端的侮辱，相当于说："哦，你认为我疯了。为什么呢？也许我是疯了。"

在原来的场景中，基廷说："*你知道的，我经常觉得你疯了。但是，我知道你对建筑很了解。我的意思是说，那些傻瓜都不知道的事情，你知道。我知道你爱这个，他们不爱。*"从这段话中我们可以看出语境的效果：有了后面的解释，"你疯了"这样的话都成了赞美。但如果基廷只是说"我经常觉得你疯了"，如果罗克还是我原本设计的罗克，他就不会再接话茬。

在原来的场景中，基廷终于说出了自己的问题，罗克认真考虑，给出了自己的建议。但他并没有给出具体化的建议，而是给出了更为广泛的相关原则。"彼得，如果你想要我的意见，那你已经犯下了错误。问我，就错了。问任何人，都是错的。不要问别人。自己的工作，不要问别人。"罗克把自己的信念告诉了基廷，他告诉基廷，相较于二选一，还有更重要的问题需要解决。"彼得，如果你想要我的意见，那你已经犯下了错误"，这样的回答出人意料，吸引眼球，不落俗套。罗克随之又给出了理由，读者不仅看到了他前提的本质，还看到了一个思考的男人——他的思考没有局限于如何选择工作，而是更为广泛的东西。

在改写的场景中，罗克是常规做法：他给了基廷具体的建议。其中暗含的意思是：基廷就这件事询问意见，或照着别人的意见来做，并没有不对。

（书中，后来罗克也给了基廷相同的建议，但只是为了结束谈话，而且态度不屑而冷淡。当时，基廷也没有了真诚的态度，而是对罗克装模作样，罗克只是想打发他走人。这也是语境暗示的问题。）

在原来的场景中，我塑造人物最出彩的地方在下面这段。基廷说："你总是能做出决定，你是怎么做到的？"罗克回答说："你让别人为你做决定，你是怎么做到的？"这两句话传达出了两个人物的本质。在改写的场景中，我省掉了这一部分。

我要就这个例子谈一谈如何在虚构作品中融入哲学的表达。

像"我总是自己做决定"与"我总是听别人的意见"这样的问题，范围实在太广了。如果两个人物平白无故地开始讨论这一话题，那纯属是为了讨论而讨论的宣传。但在上面的场景中，两人说的是抽象的问题，但与此同时，就在读者眼前，这一问题可以运用于他们本人的情况，运用于具体的场景。在这样的语境下，抽象的讨论也会变得自然，根本就不引人注目。

这是在虚构作品中谈抽象原则的唯一方式。如果故事中问题和行动的铺垫足够，也可以让人物谈一谈广泛的原则。如果行动支撑不了，贸然说出来，就感觉突兀，就像是宣传单。

你不是宣传者，而是正经的小说作者，那在作品中可以谈论多少哲学呢？这取决于哲学覆盖的范围。虽然《源头》这本书的主题是"独立与非独立的比较"，在上述场景中，两个人谈论的也正是这一问题，但在当时，谈到这个份上，就够了；如果谈论得太多，就为时过早。考虑到这一场景的具体情况，抽象哲学方面，就只能谈这么两句话。

《阿特拉斯耸耸肩》中约翰·高尔特的演讲如果放到《源头》审判罗克的法庭中，就太多了。《源头》中的事件还不够，不足以解说《阿特拉斯耸耸肩》中提及的问题。

涉及哲学的讲话，篇幅应该有多长？可以按照下面的标准来：你已经给出的事件有多详尽，有多复杂，够不够具体地支撑这篇讲话的内容？如果事件支撑得住，在不超出故事框架的前提下，你愿意讲多长，就讲多长。

现在，我们再来看一看改写的场景。罗克说"嗯，这世上有很多不同的观点"，这完全就不是我要塑造的罗克。他这样说，表明他尊敬并且包容所有不同的观点，因此就成了一种不客观的、非绝对的观点——这与原来的场景截然相反。在原来的场景中，罗克表现出来的是绝对论，他甚至不想和基廷争辩。

接下来，基廷说"你总是知道如何做决策"，罗克回答"我尽力而为"。如果你要展现的是独立的人，与整个世界继续抗争的人，如果在最初的场景中，他就说"我尽力而为"，你在塑造人物方面就给自己设置了无法逾越的障碍，无论你给主人公加多少英雄的行为，都无法逾越这一障碍。这是赤裸裸的矛盾：一个坚强的人，完全信赖自己的判断，绝对说不出这样谦虚的话。

接着，基廷问"你怎么办到的"，罗克回答说"就是做而已吧"。从新闻报道的角度，这句话一点儿也不引人注意，一般情况下，普通人就是这样说话的。但是，英雄主义的反叛者，特别是理性的代表人物，谈到自己的事业，绝不会说"就是做而已吧"这样的话。

接着基廷说："但是，霍华德，我不知道哇。我对自己从来都不太肯定。你对自己一直都很肯定。"罗克回答说："哦，也不是那样的吧。但我想，我对自己的工作是很肯定吧。"这句话对罗克的刻画是：他并不认为自信是绝对的优点，除了自己的工作，他觉得没有理由对任何事情有信心。结果就是：他变得肤浅，局限于具体化的事情。也许在工作方面，他会有原则，却不会有更广泛的原则理念，他没有基本的哲学信念或价值。他变成了阿罗史密斯那样的人物。正如我说过的，阿罗史密斯在工作方面也有一定的决心，但他的职业态度和他个人行为之间的差异太大（这一差异在书中完全没有得到解释），这个人物就缺少整体性。

要了解人物的个性，就像剥洋葱皮。一开始，你理解的是他行动背后的直接动机。接下来的问题是：为什么会有这样的动机？这就剥下了另一层洋葱皮，找到了更深层次的动机，最后找到了个性的本质。这一点也适用于小说中的人物塑造。

让罗克说出"也不是那样的吧。但我想，我对自己的工作是很肯定吧"这样的话，说明他有职业操守，其他方面则不然。这是单个层面的解释方式：因为某种没有说明的原因，罗克在建筑领域是正直的。这没有回答其他更为广泛的问题：为什么他在建筑领域是正直的人呢？为什么在其他方面就不是呢？

这就是自然主义和浪漫主义在人物塑造方面的区别。自然主义的方法是只展示单个层面的动机；浪漫主义的方法是：不仅要看到直接的动机，还要尽可能地深挖。

自然主义者只呈现人物行为的直接原因。比如，如果有人在金钱面前没有操守，那是因为他"贪婪"。换作浪漫主义者就会更深地挖掘，要展示出他为什么贪婪，甚至要展现出贪婪的本质。

在《源头》这本书中，我展示了罗克对建筑业的热爱是他的动力。但我并没有就此打住。我想深入地挖掘：热爱创造性的行业，这意味着什么？再深入：这份热爱的基础是什么？源于独立的思维。再深入：独立思维的道德含义是什么？

同样的，我展示了基廷想要得到名望、金钱和世俗眼中的成功，但我也深入地进行了挖掘。我提出了问题：为什么人要追求名利？为什么他如此渴望得到大众的认可？

我展示出二手贩子没有独立的判断，只能从别人的赞许中得到自尊。同时更进一步地探讨了为什么有人决定依靠别人的判断？从根本上说是因为他拒绝自己思考。

我展示出了罗克的动机，还有他敌人的动机，我展示出了两方必定冲突的原因。行动的第一个层面是建筑师的抗争，我从这里开始，一直挖掘到本质，挖掘到形而上学的问题：独立思维与二手思维的比较。

读者可以根据自己的理解深度，多层次地解读《源头》的人物塑造。如果读者只对直接动机和行动的意义感兴趣，他看到的是：罗克的动机是艺术，基廷的动机是金钱。如果他想看到更多的东西，他也能看到选择的意义，再深入就能看到人物内心深处人性本质的根源。

但在《阿罗史密斯》这本书中，我们知道阿罗史密斯的动机是对纯科学的热爱，然后呢，没有了，句号。我们对他的动机没有深层的了解。他的大学同学也是如此，他们有不同的动机，有的渴望金钱，有的想要轻松行医。展示这些动机，人物还是很生动的。比如说，安格斯·杜尔是这本书中的彼得·基廷，他聪明，没有操守，操纵别人而追逐名利。他的形象很清晰，具有一致性。作者的确展示了他行动背后的动机，但只触及了第一层洋葱皮。

如果你具有观察力，但肤浅，看看现实生活中的人们，你大约可以推断出他们行动背后第一层或者第二层的动机。刘易斯也就做到这个份上。所谓"肤浅"，我并不是说愚蠢（刘易斯一点儿也不愚蠢）。我的意思是"没有哲学性"，无法从非常抽象的层面去思考人的本质或人类动机的本质。

浪漫主义的作者塑造人物，在志向和能力许可的范围内，会尽可能多地给读者呈现人类的心理。而自然主义的作者塑造人物，在人物的行动方面可能有很棒的细节描写，但没有真正的心理描写。

我们来看一看托尔斯泰的《安娜·卡列尼娜》。故事的主要冲突是：一个更有生命活力的女人离开平庸的丈夫，与年轻的军官私奔了。我们对人物的心理一无所知。我们只知道安娜·卡列尼娜渴望幸福，受不了循规蹈矩的丈夫，她的丈夫无望地想要抓住妻子不放，年轻的军官有股冲劲，真的爱上了安娜。

女人渴望幸福的含义是什么呢？丈夫仅凭习俗是否可以抓住妻子不放呢？这又意味着什么呢？在 19 世纪的俄国（俄国是当时欧洲最具有维多利亚中期特点的国家），年轻的军官为了与已婚女性私奔而毁了自己的前途，他为什么要这么做呢？

"性的激情。"这本书给出了这样的答案。

这本书中心理关系的微妙细节，比如谁在什么时候说了什么，表现得非常娴熟。托尔斯泰的人物塑造充满了这种微妙的细节，读者仿佛可以透过一堵透明的墙，看到一个家庭悲剧。但是，这样的细节只给出了人物的第一层动机——托尔斯泰只做到这一步。他从未给出这些动机的深层次意义。

这就是为什么我说自然主义作品的人物没有人类的心理。他们是有一定动机的人，仅此而已。作者只是给出了直接动机，书中的人物本身从未质问自己的灵魂，或是探索灵魂深处的意义。

为什么自然主义者会这样塑造人物呢？源于他们基本的决定论哲学。如果认为人是宿命的存在，就不会去探究行动背后的原因。他就是他。如果人有某种行动，背后可能是："嗯，他有这种强烈的情感。"为什么人会执着于这种强烈的情感呢？自然主义者不会问这种问题，这与他对人类的看法无关。他认为人的一切自有安排。

自然主义者告诉你，人按照一定的方式行动，但他们不会告诉你为什么，（如果他是严肃的自然主义者）他会展现某种迹象，但展现的相对而言也是肤浅的那种。他不会去关注本质的原因，也就是说，他不会去探索与整个人类相关的问题。他绝不涉足人类行为的普遍问题，原因是：一旦涉足这样的问题，就违背了宿命的前提。决定论哲学并不认同广泛普遍的抽象概念能支配人类的行动，也不认同人有能力从中进行选择。

而浪漫主义者则要往下挖掘，要探究基本的抽象概念。这并不是说所有的浪漫主义者都能办到这一点，但是，浪漫主义者需要尽力深入挖掘，或者说按照题材的要求去挖掘。浪漫主义学派方法的本质就是展示驱动人类行为的普遍概念。

浪漫主义文学也有不怎么严肃的时候。比如维克多·雨果，他是浪漫主义的戏剧大师，但并不是专门研究人类本性的学者。以非常接近《安娜·卡列尼娜》的《巴黎圣母院》为例，这本书讲的是副主教爱上吉卜赛女孩的故事，其主题也是关于激情冲突。

雨果细致地研究了副主教的心理——男人面对宗教信仰和对美女的肉欲无法抉择，同时他展示了这一冲突的本质。他通过笔下的故事，不仅展示了副主教与舞女的具体冲突，还展示了灵魂和肉体的问题，其中也包括这一冲突的意义。他塑造的人物，虽然不够深刻，但却吻合了这一目的。

雨果呈现了副主教内心冲突背后的抽象概念，他所用的方式是托尔斯泰怎么也想不到的。雨果以自由意志为前提，他明白，个人的选择驱动个人的行为，选择不是一时的冲动，而有更深层的原因。这个人成了副主教，并不是偶然。为什么他成了副主教？什么样的基本人生观让他献身宗教？他献身了宗教，又会因为什么样的冲突而背叛自己的宗教？雨果从自由意志的角度塑造人物，追问了人类性格的根源。

托尔斯泰则与之相反，他花了大量的篇幅细致地描写女人的动作、情感和声音的微妙变化，这个女人难以抉择，一边是对丈夫的职责，一边是对另一个男人的爱。什么样的心理让她如此呢？我们一无所知。我们只知道，因为这个女人"想要生活"，她碰巧陷入了这样的处境。为什么她想要生活呢？人本来就如此，当然就不必问"为什么"。

代表道德或哲学问题的人物，一般被称作"典型人物"。我反对在这一语境下使用这个词，因为"典型人物"通常是没有个性的拟人化抽象概念。浪漫主义人物塑造的艺术（和困难）就在于表现人物的典型特点，例如表现罗克这样的个人主义者或者像基廷这样的二手贩子的特点，与此同时，还要给这些人物足够具体的细节，让他们成为独特的个体。

人们称浪漫主义作家塑造的人物为"典型人物"并不是因为这些人物缺少个性，而是因为作者本意就是要显示概念化的标签。人物具备独特的个性细节，但这些细节并不是偶然和无关痛痒的，这些细节与更为广泛的抽象概念相关，与人物所代表的深层动机相关。

《源头》的读者都可以看出来，这本书并不仅仅是一位建筑师从 20 世纪 20 到 40 年代的故事，还是所有年代、所有职业的所有创新者的故事。为什么呢？因为我涵盖了所有相关问题的本质，我的起点是最基本的问题：独立思维与二手思维的比较。凡是与罗克和基廷冲突相关的事件，代表的都是两种态度的斗争，适用于任何时代和职业（只需要改变职业的细节信息）。

我所有的作品，都建立在某种前提下，我喜欢用人的本质特点来呈现人物。

《阿罗史密斯》的人物塑造正好相反，其中大量的内容是偶然的。阿罗史密斯对医学的执着，作为一种抽象概念，适用于其他医生，或者其他行业的理想主义者。但是，他对于兄弟会的情感、他在选择工作时的迷茫、他在女人身上的犹豫——都不适用于"雄心壮志的医生"或"抗争的理想主义者"，这些都是偶然的细节，没有更为广泛的意义。

这是自然主义者塑造人物的本质。他笔下人物的普遍性只是统计学意义上的普遍性。比如，他要表现某一时期美国中西部典型的年轻人，或者一位典型的有雄心壮志的医生，他从统计学的范围赋予这一人物偶然的特质，如果这些特质符合这一特定的统计学类型，就认为塑造了很好的当代人物。读者感觉："是的，我见过这种人。"但是，从混杂的偶然细节中透露出来的只是人物的直接动机，再加上他这一时间段和地域上的平均特性。

《阿罗史密斯》这本书非常聪明地表现了某一时期医学院和医学行业的氛围。我第一次读这本书（在20世纪20年代）时觉得非常有趣，就像风趣的报纸文章在描述当代人物。现在，《阿罗史密斯》读起来就像过时的报纸。

如果把这个故事放到医学之外的其他行业，或其他时间段的医学界，会怎么样呢？那就只能泛泛而言："从本质上看，所有的理想主义者，所有正直的人都会面临抗争。"仅此而已。除了理想主义者的抗争，这本书中所有的内容都致力于描写阿罗史密斯所处的行业和时代的小细节。

人们如何看待和识别小说中的人物呢？有两种方式。比如，经常有这样的说法，人物 X "就像住在隔壁的人"。这是自然主义学派的口号，他们笔下的人物像"住在隔壁的人"。如果你觉得这类人物"真实"，通常不会觉得抽象的人物真实。他们告诉我，我写的都是现实中不存在的人。

另一方面，从本质的角度思考的人告诉我，他们随时随地都能看到我写的人物。不少人给我讲了我从未听说过的建筑师，他们觉得我一定是以这些人为原型塑造了彼得·基廷。你能明白其中的原因，我呈现了像基廷这类二手贩子的本质特点，其他人虽然没有基廷的外表，没有他的态度或问题，但他们本质相同，读者认出了他们。

现在，我们来比较《阿罗史密斯》和《源头》中的两个场景。作者的任务是一样的：表现小说主人公与主人公挑选的老师之间的关系。这个年轻的学生，后来成了出色的医学家（阿罗史密斯），或成了建筑师（罗克），他受益于这位老师的教导。

首先，我们来看看《阿罗史密斯》中的场景，这是阿罗史密斯第一次见到马克斯·戈特利布，后者是医学院里最优秀也最不受欢迎的教授。

　　"嗯？什么事？"

　　"哦，戈特利布教授，我叫阿罗史密斯，医学院的新生，本科毕业于维尼马克。本来明年才能选细菌学，但我好想今年秋天就选。我学了很多化学——"

　　"不行。你现在不行。"

　　"真的，我知道我现在可以的。"

　　"老天给我送来了两种学生。第一种像扔给我的一大堆土豆。我不喜欢土豆，老天送来的土豆似乎也不太喜欢我，但我还是收下了这些土豆，教他们如何搞死病人。另一种呢，真是太少了！我也不知道他们是出于什么原因，似乎有点想成为科学家，想与疾病作战，愿意犯错。哈，这些学生，我就一把抓住，我骂他们，把科学最基本的道理立刻交给他们，那就是要等待，要怀疑。我对那些土豆，没有任何要求，对于你这样的蠢货，我觉得还可以教点东西，我的要求很多。不行。你太年轻。明年再来。"

"但真的，我的化学——"

"你学了物理化学吗？"

"还没有，先生。但我的有机化学学得很好。"

"有机化学！那是搞拼图！那是狗屁！杂货店的货色！物理化学才是力量，才准确，才是生命力。有机化学是什么，不过是清洁员的行当。不行。你太年轻。过一年再来。"

现在我们来看一看《源头》中的一幕，描写的是罗克第一次见到亨利·卡梅伦。

"嗯？"卡梅伦终于开口了，"你是来见我的，还是来看图片的？"

罗克转头望着他。

"两个都看。"罗克说道。

他走到书桌边。有罗克在场，人们一般感觉不到自己的存在，但是，面对这样洞察的目光，卡梅伦突然感到了从未有过的真实。

"你想要什么？"卡梅伦厉声问道。

"我想要为你工作。"罗克安静地说道。

（其中的语气说的是："我来为你工作。"）

"你来为我工作？"卡梅伦没有意识到自己回应的意思，"怎么了？那些更优秀的家伙不肯要你？"

"我没有申请其他人。"

"为什么呢？你觉得从这里开始最容易？觉得我这里谁都能来？你知道我是谁吗？"

"知道，所以我才来。"

"谁打发你来的？"

"没人。"

"你他妈为什么选择我？"

"我觉得你知道原因。"

接着，罗克把自己绘制的图纸递给了卡梅伦。现在我们来看这一幕的结束部分：

"你他妈的，见鬼。"卡梅伦柔声说道。

"你他妈的，见鬼！"卡梅伦的身体往前一探，咆哮道，"我可没请你来！我不需要人给我绘图！我这儿没东西给你画！我连自己和我的人都养不活，都快领救济了！我这儿再也不想要什么傻瓜空想主义者！我不想担这份责任。我可没找这份罪。真没想到，还能再见到你。我已经撒手了。多年前就撒手了。现在我雇的傻子，我非常满意，他们没有想法，也不会有想法，他们也不在意自己会变成什么样。我就想这样。为什么你要来呢？你这是要毁了自己，你明白的，是不是？我要帮你毁了自己。我不想见你。我不喜欢你。我不喜欢你这张脸。你看上去像个无法无天的自大狂。你鲁莽无礼，太自以为是。换到 20 年前，我一拳就揍到你脸上，那才高兴呢。明天上午 9 点，你来上班吧，准时。"

"好的。"罗克站了起来。

"一周 15 美元。我只能给你这么多。"

"好的。"

"你他妈是个蠢货。你应该去找别人。如果你去找别人，我就干掉你。你的名字是？"

"霍华德·罗克。"

"如果迟到，我就开除你。"

"好。"

罗克伸手去拿图纸。

"这东西留下！"卡梅伦吼道，"你，出去！"

这一场景中，卡梅伦谈论的是具体的情况，也就是他本人和罗克在这世界上的特定处境，但同时，他也说出并且强调了更广泛的问题——作为个人主义者和不随主流者，他们与社会对抗的立场。卡梅伦说的是："我们是被社会排斥的人，我们在苦苦作战，我不想让你受我受过的苦。但是你没有选择，因为我不会让你去找别人、去出卖自己。"这就是两人关系的本质，也是他们在此书中命运的关键所在。

我们来比较一下阿罗史密斯的那一场。戈特利布也是不随大流的人，也是孤独的理想主义战士，但这一点在之前的叙述中展现得更多。这一幕充分表现了戈特利布鄙视一般学生（"土豆"），渴望找到真正的门徒（那些希望"成为科学家"的人）。换言之，他很看重自己的学科，非常反感世俗的标准。

然而，他谈及的具体例子只说明了单个层面的抽象概念，他这番话就没有哲学光环。他喜欢这类学生，讨厌另一类学生——没了。

卡梅伦公开说，他和罗克是社会的受害者，是为自己的艺术而抗争的战士，戈特利布没有说过任何表明他是战士的话，相反，他关注的是具体行业的细节，比如说选课的要求，或者有机化学与物理化学的问题。从自然主义的观点看，正是这些技术上的细节让场景"真实"；从浪漫主义的观点看，这些细节则让场景变得模糊。请注意，我并没有让卡梅伦说："我要教你设计转角窗，不要希腊山形墙。"但是，自然主义的手法就是要准确地表述这样的细节。"要真实，就要有详尽的内容。"

如果《阿罗史密斯》的这一幕的篇幅长一些，内容更充实一些，展示出了两人相遇的本质，那么即使从浪漫主义的标准来看，这些技术上的细节也就没有那么突兀。一个场景应该有多少具体的细节，取决于它的篇幅。但是，如果这一场景已经存在，我们就只能从仅有的技术性对话来推导其本质。所以，我说这一场景的细节杂乱无章。

作者是从本质的角度来塑造人物，还是从细节来塑造人物？这取决于作者写作动机的深度。

浪漫主义学派塑造人物不能有太多的具体细节，可以有细节，但只能是那些解释人物每一层动机的本质细节。

比如，《源头》中卡梅伦的人物刻画得非常概括。读者不了解他的生平，不了解他的办公室，也不了解他的衣着。但是，我展示了他的什么呢？他是个了不起的人，他被社会误解，借酒消愁，不仅如此，我还展示了背后的原因。卡梅伦是独立的人，（充满敌意的）社会摧毁了他。他也有可能像罗克，但他的信念不够强大。我把他身上所有的东西都归到了基本的问题：个人的思维对抗其他人的思维。

我呈现出来的是本质。卡梅伦是他自己，但也代表了那些了不起的人，他们被社会击垮之前也曾奋力抗争。

刘易斯笔下的戈特利布更有人情味。比如说，戈特利布给阿罗史密斯做了特别而精致的欧洲三明治，他会用"前辈尼采"和"前辈叔本华"这样的说法，他还会提到自己在海德堡当学生的日子。这些人物塑造都很不错，读者眼前出现了这个人，非常详细，几乎像看到了他的照片。但是，读者了解他的动机吗？仅有的了解是：他献身科学，鄙视世俗的事务和人际关系。

在感悟细节方面，辛克莱·刘易斯无可挑剔。但是，读者得到的也只是细节，以及肤浅的动机。

顺便说一句，细节与深刻兼备也是可能的，莎士比亚就是榜样。他从人性本质的角度展示笔下的人物——说一不二的父亲（李尔王）、徘徊迷茫的知识分子（哈姆雷特）、猜忌的男人（奥赛罗）。然而，莎士比亚是决定论者，是自然主义学派的（先驱者），他相信人会受命运摆布，人生来就有悲剧性的缺陷，最终会毁于这种缺陷。比如，奥赛罗是个猜忌的男人，但作者并没有解释背后的原因，他被猜忌所操控，而其他人则被贪婪或爱情所操控。这东西存在于他的本性中，他无法与之抗争。莎士比亚基于决定论哲学呈现人类的本质，大多数人都认同这种哲学，这也是莎士比亚不朽的原因之一。他是这一哲学最辉煌的文学代表人物。

有些批评家认为浪漫主义的人物是过于简单的"典型人物"——"只有英雄和反派"，他们看到罗克与卡梅伦这一幕，就会说这一场景只是描写了"粗鲁的老教授"和"理想主义者的学生"。但实际上，阿罗史密斯与戈特利布的场景才是陈腐的。

罗克和卡梅伦是具体化的人物，但体现了某种深刻问题的抽象概念。相较之下，刘易斯展示了更多的细节，但这些细节堆砌起来并没有一致的深度。结果就塑造了"粗鲁的老教授"这样呆板的典型人物——因为没人能够记住微不足道的细节。细节从读者的脑海里消失，留下的抽象概念仅仅呈现出动机的第一层洋葱皮。人物有了过多的细节，绝不会真正地变得真实。

现在请注意，通常情况下，没人会像卡梅伦那样说话，如果一个教授处在戈特利布的位置，看到了某个学生的潜力，他不会那样说话。那么，为什么自然主义的仰慕者会认为戈特利布是真实的，而卡梅伦不真实呢？答案是：滑稽的笔触。

戈特利布说："老天给我送来了两种学生。第一种像扔给我的一大堆土豆。我不喜欢土豆，老天送来的土豆似乎也不太喜欢我，但我还是收下了这些土豆，教他们如何搞死病人。"他的意思是："他们给我太多的庸才。我不喜欢庸才。"但是，他用了亲切戏谑的比喻——"土豆"，这就让他有了滑稽、通俗、非英雄人物的感觉，让人觉得"有血有肉"，他的语言是带有泥点的。认同自然主义学派的读者觉得："是的，他是真实的。人们就那样说话。"

事实上，他们不这样说话。而且，戈特利布的人设不是普通人，他是天才。但对于自然主义者，人没有例外，人必须符合统计学的平均值。正如谚语所言，男仆眼中无英雄，那么，在自然主义者看来，作者眼中无英雄。因此，自然主义文学中，如果某个人是以伟大的形象出场，那他总是有悲剧性的缺陷，有人性的弱点，有泥点。这都是削弱人物的笔触，而从艺术的角度而言，最削弱人物的笔触就是幽默的笔触。要想让了不起的人显得可笑，不合时宜的幽默笔触就可以做到。

　　另一方面，自然主义者并不赞同卡梅伦的那番话，但他们反对的不是卡梅伦具体说了什么，而是他说话直截了当，有目的性，高浓度。自然主义者不会用如此高度聚焦的方法写作。

　　那问题来了：阿罗史密斯是现实主义的人物，而罗克是非现实主义的人物吗？

　　在上面的两个场景中，我们看到了严肃的青年踏上了一条严肃的人生路。然而，我要说，阿罗史密斯远远没有罗克真实，远远没有罗克自然。阿罗史密斯说："**本来明年才能选细菌学，但我好想今年秋天就选。**"他还说："**真的，我知道我现在可以的。**"我认为，严肃而执着的年轻人不会这样说话。

　　有目标的、聪明的年轻人，到了 20 岁左右的时候，特别庄重正式。他可能害羞，可能无法充分表达自己的想法，但是，他越是害羞，越是不确定，就越是正式。这样的年轻人来找他仰慕的行业导师，不会像大学的橄榄球运动员，说什么："哦，天哪，真的。"如果刘易斯真的在意真实，他就不会这样刻画阿罗史密斯。

　　阿罗史密斯说话结结巴巴，不尴不尬，缺乏严谨的热情，这反映了他那时候大学生说话的气场，代表了刘易斯从统计学角度抽象出来的普通大学生的形象。但在现实中，严肃的年轻人去找自己尊敬的教授会是什么样呢？刘易斯并没有刻画出来。

现在来看看罗克。他找到自己崇拜的人，平静地说"*我想要为你工作*"，其中暗含的意思是"*我来为你工作*"。自然主义者会反驳说，没有年轻人能这样泰然自若，这么自信。我的回答是：这取决于谈论的是哪种年轻人，取决于他给自己设定了什么样的前提。

我说严肃的年轻人不会像阿罗史密斯那样做，我的根据是统计学吗？不是。我的根据是逻辑。严肃的年轻人，对关心的事情，不会那么随意，这是本质。

如果我用自然主义的方法来研究现实中的人，我要举出伦纳德·培可夫的例子。我见到他的时候，他 17 岁，非常害怕见到我——我说的害怕，是"敬畏"的意思。他有很多哲学问题要问我，但等他到了我家，他自己待在车上，让一同来的人先进我家。（我是多年之后才得知这一点的。）他进来后，显然很不自在，不是愚蠢的那种不自在，而是紧张。于是，我问他："路上怎么样？"——我只是想要闲聊一下，让他放松。而 17 岁的他说道："嗯，我们说正事。"

如果我是自然主义者，我就会这样写，尽管这听起来有点浪漫主义。

塑造人物与写作的其他方面一样，也不能在显意识的状态一句句琢磨。

以罗克与基廷的场景为例。假设你列出罗克的优点——独立、理性、正义、诚实，然后打算写一句对照一下，看是否吻合。这样干，那你笔下的罗克一句话都说不出来。你的脑子会一片空白，即便你想到了什么，也得花上好长的时间去琢磨："罗克说'为什么不'这样的话，这符合他性格的优点吗？如果他说'哦，嗯，我不在意'符合吗？"

我之前在比较罗克与基廷两个版本的时候，解释过其中的含义，但你不能在显意识的层面琢磨这种暗含的意思。我只是提一提两个版本不同的关键点。如果要解释两个版本对白后面的含义和动机，我得花上整整两个讲座的时间。

你不可能仅凭哲学的抽象概念就创造出人物，你对自己说"我的主人公要独立、正义和理性"，人物就塑造出来了吗？这是不可能的。这一过程是间接发生的——你必须知道如何让潜意识工作。你必须在显意识层面为潜意识做准备，这样潜意识才能为你做出正确的选择。

你的观察能力决定了你塑造人物的好坏。人并不是先有漂浮不定的抽象概念，然后再据此来识别具体事物的，为了真正理解抽象概念，你必须从具体事物中提炼出抽象概念。要让自己的潜意识有能力塑造出恰当的人物，你就必须擅长观察和内省。

你不断地对周围的人做出反应——赞同或不赞同，喜欢或不喜欢，受到鼓舞或感到不安。判断对方的情绪时也审视自己：我有这样的反应，对方的哪一点引起了我这样的反应呢？你说"我不喜欢 X。为什么不喜欢？我怎么知道？我就是不喜欢"，那就不行。如果你这样，就没法写作。如果你很不喜欢某人，那就把这当成艺术作业，找一找你不喜欢的是什么，你是如何看待对方的。

比如说，有人对你粗鲁，你不喜欢。到底是什么方面粗鲁了呢？他言语中暗含的意思？他的声音或态度？你为什么不喜欢呢？把这些都记录在潜意识中。又比如说，你遇到了有魅力的人，不要只是说"我不知道为什么，但我喜欢这人。他真好"。鉴别一下：他有魅力的是哪一点？他如何表现出了这种魅力？你怎么注意到的？也把这些记录在潜意识中。你需要不断地有意识地观察判断周围的人，以后也可以把这些观察用于人物塑造的素材。

如果你知道很多抽象概念，但还没有与具体化的事物联系起来，那就逆向进行这一过程。比如，你觉得自己喜欢独立，那就观察独立的人，听他们说什么，看他们的动作或态度。也可以观察独立的反面,看看是什么体现了依赖。什么体现了诚实?什么体现了不诚实?你只能通过这些抽象概念外在的体现来观察其特点,也就是通过人们的语言、行动、手势和更为微妙的特有习惯来观察。

等你的潜意识里囤满了这些细分的素材——这些具体化的例子都归档在恰当的抽象概念下,你就有了大量的具体化例子来说明抽象概念,就能处理"塑造罗克"这样的任务。到了这种时候,如果你告诉自己,他是独立、诚实、正义的人,你的潜意识就会扔给你这一类中的具体化素材,你就会觉得:"是的,罗克会这样说,不会那样说。"

写作的时候,作者感觉仿佛有人在耳边口述,这样写出来的对话最好、最自然。在某个地方,你也许会卡住,也许得问一问自己怎么写,但一般情况下,你的笔尖自然就会流淌出对话来。你对整个场景是有想法的,等到动笔,对话"自己就来了"——就像与人交谈,要说什么,自然就说了出来。你要说的话来自你的前提、知识和对情景的判断。

写对话,你必须要有两个或者更多的前提。罗克说话,那是一个前提,基廷说话,是另一个前提。你必须非常清楚抽象概念之间的联系,以及这些概念的具体化表达,做到自如切换前提,写出三个人、五个人或更多人的对话。

你没法在显意识层面如此规划。你必须要达到"本能"感觉的阶段，也就是说，你写罗克说话，你感觉得到他要说什么，到了基廷回答的时候，你感觉得到他会说什么。

这种对人物的"感觉"并不是什么神秘的天赋。写作的过程中，你觉得自己"就是知道"罗克或基廷会怎么说，但这种感觉只能说明，你自动理解了所需的前提。

罗克与基廷的这一幕，之前我解释了每句话暗含的意思，但在写的时候，我并非有意识地思考这些话有什么含义。虽然我是用灵感写作，但我知道写的东西为什么符合人物的个性，为什么不符合人物的个性。要客观判断自己写的东西是否成立，写完之后你就必须给出理由，判断你所写的内容是否塑造出了人物的性格。我写完罗克与基廷这一幕，做了这样的分析，你也应该这样做。

为了训练自己，刚开始写作的时候，每次写东西，你都应该如此分析一次。再后来，你所有的理性判断都井然有序，可以在显意识层面随意调动，已经不必每次如此。到那时，你很快就能辨别怎样写是合适的，为什么是合适的。

还有，才开始写作的时候，只写自己有把握的。塑造人物，不要生搬硬造，不要任意妄为，不要说"我不知道他会说什么，那就随便吧，想到什么，写什么"。如果你不知道某个人物会说什么，会做什么，你就得多想想。

我在创造人物的时候，喜欢想象出这个人物的视觉形象，我觉得有用。这就给了我一个具体化的焦点，人物不再漂浮不定，不再仅仅是优点或缺点的抽象集合体。人物有了视觉形象，就像有了实体，我就能在这个实体上施展。

罗克这个人物就是这样创作出来的。我并没有按照具体的人来创作，但在我的脑海里，这个人物一开始的形象是：红头发的男人，长腿，瘦削的脸颊。我尽可能清晰地勾画出他的形象，以此为焦点，再赋予他所有必需的抽象特点。我所有的正面人物，都是这样创作的。

至于反派人物，还有不好不坏的人物，我喜欢聚焦熟人或公众人物，但我关注的并不是他们的细节特点，而是他们的本质。比如，图希这个人物，脱胎于我脑子里四个真实的记者和作者的形象。我没有考虑他们中任何人的具体细节，我也没有研究过他们的作品或生活。他们四个人的整体印象给了我很有价值的线索，引导我如何去表现某些基本的前提。他们是实实在在的人，帮我找到了那个感觉。这是初步的素材收集。

后来，有一天，有朋友邀请我去社会研究新学校，参加一个自由主义者的演讲。我觉得不妥，不想去，但他们一口咬定，说这位演讲者不是左翼分子，他讲话很精彩，而且他们已经买好了入场券，于是我就去了。我看到了活生生的图希。（当时的演讲者是英国工党的政客哈罗德·拉斯基 [①]。）

他的讲话所影射的东西，远远超过了他所说的具体内容。没错，他还真算不上什么自由主义者，但他是我在公共场合见过的最恶毒的自由主义者，只是他的恶毒比较含蓄。他说话非常微妙，很优雅，侃侃而谈，很多内容都没有什么特别的，但他时不时地抛出关键而恶毒的观点。我的朋友傻头傻脑，不知道他在干什么，但我知道，我想："这就是我要写的人物。"

我没有读过他写的东西，也不想去了解。但是，从他的外形和说话方式，我闪电般地捕捉到了他特定的性格。比如，我如果问自己，图希会怎么对待自己的侄女，或者说他对年轻人的爱情会有什么态度，我只需要回忆一下那个站在讲台上的人，就能准确地找到答案。

我描写的是抽象的性格特点，不是具体的某个人。我并没有复制真实生活中的模型，单凭他的政治演讲，我也

[①]　哈罗德·拉斯基（Harold Joseph Laski，1893—1950），英国工党领导人之一，政治学家，费边主义者，西方"民主社会主义"的重要理论家。社会民主主义和政治多元主义的重要思想代表。——译者注

无法知道他会怎么对待侄女，怎么对待年轻人的爱。

数年后，我得知这位演讲者的生涯还真的与图希相似：他总是待在幕后，在数个国家政府背后进行操控，势力远远超过幕前的公众人物。这就印证了我"作者的本能"。我对此人有整体印象，具体细节是我自己虚构的，在很多情况下，它们与事实相符——我并不是未卜先知，而是抓住了正确的抽象特点，准确地把它转化为具体现实。

这就是我推荐的方法（但如果你觉得太吃力，也不必勉强为之）。你不要去复制真实生活中的人，你要把人物看作是你心中某种复杂哲学或文学表达的具象体现。

如此一来，你对笔下的人物就有了一种感觉，知道他们会说什么，会做什么，不必挖空心思提前构思。这样你就抓住了基调，抓住了人物性格的关键点。

第八章　风格第一讲：描写爱情

我写《阿特拉斯耸耸肩》的时候，弗朗西斯科到乡下来找达格妮的场景，我花了很多时间准备。这一场景非常复杂，必须整合很多问题。当时，我住在加利福尼亚，我在家门前的马路上走来走去，想来想去，数日后，感到筋疲力尽。有一天，我对（我丈夫）弗兰克说，构思这个场景，我真是累了。他知道这个场景的内容，于是半开玩笑地对我说："哦，那简单呀。你只需要写：'他冲上山坡，把女人拥入怀中，他吻了这个女人，这个女人喜欢这个吻。'"

这句话与你所读到的《阿特拉斯耸耸肩》相对应部分的差别，就是**风格**的差别。

弗朗西斯科动作敏捷，他一边往上爬，一边抬起头来张望。看到达格妮，他停住了脚步，达格妮就在上面，站在小屋门口。达格妮看不清楚弗朗西斯科脸上的表情。他站着不动，抬头看着达格妮，看了好长时间。接着，他开始朝山顶进发。

达格妮感受到了，几乎是她所期待的那样，这是童年就幻想的场景。他朝着达格妮走去，没有奔跑，一举一动带着一种得意而自信的急切。达格妮想，不，这不是他们的童年，这是她期待过的未来，那些日子里她等待着这个男人，就像等待出狱之日一样。如果她实现了自己对人生的憧憬，如果他们都踏上了当初她万分肯定的那条路，这就是他们已经拥有的那一刻。达格妮思绪万千，一动不动地站在那里望着他，这一刻不是当下的存在，而是对他们过去的致意。

弗朗西斯科靠得很近了，达格妮看清了他的面孔，这是一张喜气洋洋的面孔，一扫平时的严肃，洋溢出这个男人的清白无辜，他有权如此无忧无虑。他面带微笑，吹着口哨，调子随着他轻快流畅的步伐起伏。调子飘进达格妮耳中，她觉得遥远而熟悉，她觉得这个调子属于这一刻，然而她也感到了调子中有奇怪的东西，仿佛有很重要的信息，但此刻她想不出来是什么。

"嗨，鼻涕虫！"

"嗨，弗朗西！"

达格妮知道了——他那样看着自己，眼皮垂下，闭上眼睛的瞬间，头往后轻轻一仰，又回正他的双唇微微放松，那种似笑非笑、似乎无助的感觉，接着，他的胳膊突然一用力，抓住了达格妮。达格妮知道，这并非有意，他并没有打算这样做，而对他们两个人而言，就该这样，这是无法抗拒的。

他不顾一切地用力搂着达格妮，双唇狠狠地压在达格妮的唇上，他的身体贴上来，那种欢欣与屈服——这不是一时的欢愉，达格妮知道，肉体的渴望不会让男人这样。达格妮知道，这是弗朗西斯科从未说出口的表白，这是男人能够给出的最了不起的表白。无论这个男人做了什么来摧毁他自己的人生，她仍然为自己是躺在弗朗西斯科床上的女人而自豪。无论她在这个世界上遇到了什么样的背叛，她对人生的憧憬依然是真的，其中某些不可摧毁的部分依然在弗朗西斯科身上。她的身体也做出了回应，她张开双臂，张开双唇，接纳了这个男人，坦白了自己的欲望，坦白了她一直以来对这个男人的认可。

实际上，这一幕所描写的内容就是弗兰克说的那句话。区别在于风格。

小说和戏剧"说的是什么"，可以被概括为一句话，就是主题、情节和人物。风格则是"怎么说"，这东西没法整理成梗概。

你也许听说过某个故事"没什么内容，但写得好"，如果情节很淡，或传达的信息不多，但风格很独特，这句话也是成立的。

我把风格这一问题大致分为两部分：内容的选择和文字的选择。

"内容的选择"，指的是作者选择用什么来交流。比如说，描写房间，有的作者会详细列出房间里的每一件东西。有的作者会选择重要的几个，给出房间的特点。还有的作者既不会详尽地描写，也不会深刻地描写，而是不痛不痒地写几句，比如"这个房间很窄，白色的墙壁，里面有几把椅子"之类的。

在达格妮与弗朗西斯科这一幕中，我必须呈现出弗朗西斯科的大致特点。但是，要表现出弗朗西斯科如何冲向山顶，如何一把抱住达格妮，达格妮如何感受，我该选择什么样的元素呢？我要描写风景吗？有对话吗？需要讲述他们的想法吗？这些都是"内容的选择"。

　　"文字的选择"是大家通常理解的"风格"：作者的遣词造句。这方面差异很大，之后我们会举例分析。就像指纹，有多少指纹，就有多少种可能的风格。虽然很多人有共同的哲学信念，但谁都没有必要去模仿别人的风格。遣词造句的可能性太多了，真的没必要担心是否能拥有个人风格。你会有个人风格的，但你不能在显意识层面刻意为之。

　　风格是写作中最复杂的元素，必须依靠"本能"。即便是情节和人物塑造都不能刻意为之，不能完全依靠显意识，而要依靠潜意识、依靠自动完成的前提。风格更是如此。

　　说到风格，功能决定形式。换言之，决定风格的是目的，不仅是整本书的目的，还有每段话或每句话的目的。即便最简单的故事，考虑到其中涉及的问题，我们都没法在显意识层面刻意追求其功能和形式。因此，你必须启动文学前提，在不自觉的状态下写作，依靠已有的前提，自然而然地写。

　　不要去想"直率"的风格、"戏剧化"的风格、"敏感"的风格，或者你在文学院里可能听说过的胡说八道。不能这样区分。最重要的是，永远不要模仿别人的风格。有的写作学校让学生按照辛克莱·刘易斯的风格写，有的学校让写托马斯·曼的风格，还有的学校让写意识流风格。这是最致命的，这样做，你永远不会有自己的风格。风格是作者目的和前提（不仅仅是文学前提）结合的产物。你无法借走别人的灵魂，你也无法借来别人的风格。你永远只是廉价的模仿者。

按照自己的文学前提来写，尽可能做到有的放矢，做到清楚，随着练习，你会发展出自己的风格。如果你具有某些文学前提，一旦尝试，你的文字就会涌现出以后的风格元素。但是，没有实践练习，任何人都不可能有可识别的风格。风格太复杂了，首先潜意识要自动运行，然后才能彻底地个人化，才能进行打磨。

如果数年的努力后，你不认同自己的表达方式，就必须多多思考自己喜欢什么样的文学，不喜欢什么样的文学。找到你风格中缺失的东西，找到错误的类别，接着找到正确的前提，以求更为准确或更有色彩地表达。

但是，风格的事情绝对不能硬来。拿腔拿调地写作，就像霓虹灯广告牌一样醒目。即便文字稍显笨拙，但自然也远胜过矫情。

我选择了几篇我认为风格典型的选段。大致分为三组：第一组六篇，有关爱情的题材；第二组两篇，描写大自然；第三组四篇，描写纽约。看一看不同的作者如何处理相同的话题，大家就能更好地鉴别风格的差异。

看一看每一篇选段的目标，找一找达成目标的方式。首先要找到"说的是什么"——作者所选择的任务是什么，然后找到"怎么说"——如何进行内容的选择和文字的选择。

下面是第一组六篇选段，作者的任务是呈现爱情，尤其是热恋。

选段 1

选自《阿特拉斯耸耸肩》，作者安·兰德

（以下两个选段中的女子是达格妮·塔戈特，男子是约翰·高尔特。神殿是发电站，里面的电动机靠大气电力运转，是约翰·高尔特发明的。）

她突然意识到就只有他们两个人，这一意识强化了这一事实，不允许进一步的暗示，然而在这特别的强化中，一切不言而喻。在这寂静的森林中，这一建筑看上去就像古老的神殿，他们站在下面。她知道在这样的神龛上应该如何供奉合适的祭品。她突然觉得嗓子发紧，她的头微微后仰，像微风拂过头发，但她感觉仿佛有劲风吹来，她躺在空中，只感受到他的双

腿和他的唇形。高尔特站在那里，看着达格妮，脸上没有一丝表情，但是眼皮微微动了动，仿佛是在强光下眯起了眼睛。仿佛嘀嗒了三秒钟，第一秒，第二秒，她发现高尔特在更为努力地忍耐，她顿时有一种残忍的胜利感。第三秒，他移开目光，抬头去看神殿上的铭文……

　　她面朝下，瘫倒在床上。这并不仅仅是身体上的疲惫。突然就偏执于一种完整到无法忍受的感觉。身体没有力气，思维也失去了意识能力，只剩下一种情感吸干了她剩余的能量、理解力、判断力和控制力，让她无力抗拒，无力掌控，无力渴望，只能感觉，什么都没有，只是感觉，一种没有起点或终点的静态感觉。达格妮的脑海里一直浮现出他的身影，他站在那栋建筑门口的身影。她感受不到其他的东西，没有期盼，没有希望，对自己的感觉没有评估，说不出来，感觉不到自己。这世上就没有她本人这个实体，她不是一个人，只是功能，这个功能就是见到他。看到他就是意义，就是目的，再也没有比这更深刻的目的。

我通过呈现特别的具体例子，引导读者感受抽象的感觉——强烈而疯狂的爱情。我选择了能够说明达格妮感情本质的关键细节。怎么才能让读者明白她的感情并非一种淡淡的迷恋呢？这些具体的描写并不适用于表达迷恋。

为了表现出这一幕的真实感，我不仅呈现了达格妮的感受，还呈现了她所回应的东西。她的感情并不是内省式的，她感受到了自己的感情，这是因为她在某个地方，在某个语境之下看着高尔特。我着重呈现了与她的感情呼应的气氛。

这一刻，也许有鸟儿飞过树丛，也许有蝴蝶在某个地方翩翩起舞。达格妮甚至也在意识的边缘感受到了它们的存在。但是，如果写出这些东西来，就是败笔。把偶然的细节写在文中，这是自然主义学派的方法，而我只关注达格妮感情和场景的关键点。

我一直都是以个性为前提来再现真实生活中的人类意识。（比如说，达格妮不是那种不知道自己感受本质的女人。）此刻，达格妮第一次清楚地意识到了自己对高尔特的感情，她不会想"我疯狂地爱上了他"，或者"爱情是重要的"。她不会这样想。我投射并且再现了达格妮意识的焦点。

选段中第一段的开头，暗示了达格妮突然在身体上意识到了高尔特的存在。"她突然意识到就只有他们两个人，这一意识强化了这一事实，不允许进一步的暗示，然而在这特别的强化中，一切不言而喻。在这寂静的森林中，这一建筑看上去就像古老的神殿，他们站在下面。她知道在这样的神龛上应该如何供奉合适的祭品。"我暗示了性，我没有用性这个词，这是有意为之的。这一段之后，我描述了高尔特的神殿，里面有他的发明。之前，我埋下了伏笔——达格妮认为，性，表达的是成功，是人生的最高价值。"她知道在这样的神龛上应该如何供奉合适的祭品"，读者会想到，达格妮看到这样伟大的成就会想到性；我用了神龛、供奉和祭品这样的词，它们都具有宗教或神圣的含义，读者会觉得达格妮认为性是神圣的价值。读者立刻就会联想："是的，她会那样感觉的，因为这是她对爱情和成就的态度。"

"她知道在这样的神龛上应该如何供奉合适的祭品"，这样的句子在文字上的效果，远远胜过"她觉得自己想要和这个男人睡觉"。为什么更强烈呢？因为是我让读者得出了这一结论，我没有直接告诉他们。

这段话中接下来的句子把抽象的东西变成了可触摸的，给出了达格妮经历的感官现实。"她突然觉得嗓子发紧"——这显然是在描写性——"她的头微微后仰，像微风拂过头发"——完全是感官描写——"但她感觉仿佛有劲风吹来，她躺在空中"——有意为之的性暗示——"只感受到他的双腿和他的唇形"。如果我说"只感受到他"，那就是泛泛而谈（没有一分钱的价值）。她感受到的是什么？这个男人的双腿和唇形。具体化的内容强调了她对这个男人某一方面的感受，也就是目的。（在更理性的语境中，她可能更多地会感受到男人的眼睛。）

在下一个句子里，我用同样的手法描写了男人。"高尔特站在那里，看着达格妮，脸上没有一丝表情，但是眼皮微微动了动，仿佛是在强光下眯起了眼睛。"——眼睛是身体方面的描写——"仿佛是在强光下"——但这一场景中并没有强光，所以其中的暗示是"人物在抗争非常强烈的感情"。这些是我想暗示的，其余的部分，交给语境。

情感场景的处理，难在如何表现不同元素组成的冲击感受。我接下来的句子几乎就是直白的表达："仿佛嘀嗒了三秒钟，第一秒，第二秒，她发现高尔特在更为努力地忍耐，她顿时有一种残忍的胜利感。第三秒，他移开目光，抬头去看神殿上的铭文……"我想让读者有整体的感受。但是，读者无法去整体感受，我必须分阶段。于是，我把三个阶段统一成整体，"仿佛嘀嗒了三秒钟"——接着我把它分为三秒来谈，达到真实生活中感情冲击的渐进过程。

选文的第二个段落，我要呈现强烈的情感，写起来非常难。情感越是强烈，就越难鉴别其中的构成部分。只能从整体去感受。大家会觉得："我感受到了强烈的情感，但无法探究清楚是什么。"我必须把这种情感分解成具体的内容，达格妮不会真正那样想，但读者就能根据这些具体内容总结出狂热的情感。

我部分采用了否定的方法。我指出达格妮不具备的能力，"只剩下一种情感吸干了她剩余的能量、理解力、判断力和控制力"，这些通常都是意识正常的人所具备的，但此刻达格妮不再具备这些能力——"让她无力抗拒，无力掌控"，我提醒读者，通常情况下，达格妮并不是受单一情感摆布的人，但她现在是这种状态。

接着，我投射出她感受到的是爱情："达格妮的脑海里一直浮现出他的身影，他站在那栋建筑门口的身影。她感受不到其他的东西，没有期盼，没有希望，对自己的感觉没有评估，说不出来，感觉不到自己。这世上就没有她本人这个实体，她不是一个人，只是功能，这个功能就是见到他。"如果说她想的是"和这个男人睡觉"，或者说她"认识到自己爱这个男人"，跟上面的表达相比都要弱一些，都比不上说她感受不到自己的存在，只能在脑海里看到这个男人的身影。"我爱上他了"或"我要嫁给他"，这样的结论是抽象的，是想法，要放在后面。此刻的真实情感，就是极度地意识到另一个人的存在，这是恋爱的本质。

　　最后一句话传达的是："**看到他就是意义，就是目的，再也没有比这更深刻的目的。**"这是恋爱的极致状态，涉及的不是性，也没有任何目的，只是意识到爱情的存在，这一时刻，这一意识就是整个世界。

　　我根据认知论来选择内容和文字，根据思维现实中的理解方式来呈现素材。所有的理解都是选择性的，我们不是相机，在给定的场景中，没人能够把一切收入眼底，我们看到的是我们感兴趣的内容。我写作的时候，我的选择代替了读者的选择，我选择我想让读者关注的亮点，不留任何其他关注点的空间。读者感觉我呈现的素材就是真正的现实。他会从我的视角、我的价值选择来看待现实。（之后，他可以判断这些价值观，但那是另一回事，是他个人的事情。）

　　我的文字具有高度的倾向性和客观性。具有倾向性，那是因为我选择了关注点；具有客观性，那是因为我没有告诉读者如何看，如何感受，而是将其展示出来。

　　如果我写一句无关痛痒的句子来衔接，比如"他们朝车子走去"，这是告知，不是展示，这件事无关痛痒，没有什么可展示的。考虑到人类认知的选择性，**现实中**你对转折的感受也是这样的。比如，你在谈论重要的事情，同时你也朝车子走去，这时你知道走路的方向，但这并不是你关注的焦点。在选择内容和文字方面，我用的就是这种方法。

我只向读者呈现直接的感官证据。以我的风格，作者从不说话，而是有意识地进行操纵。我只向读者呈现具体的、客观的事实，我选择有倾向性地呈现事实，读者据此只会得到我想让他得到的感觉。

选段 2
选自《巴黎圣母院》，作者雨果

从那日开始，我心里多了一个我不认识的人。我所有的解决方法都用尽了，修道院、神龛、工作和书！愚蠢！哦！满脑子的激情，满心的绝望，这时妄谈什么方法，多么空洞！你知道吗，年轻的女子，从那以后，在书本和我之间，我看到的是什么？你，你的影子，一度从我面前走过的、那个发光的幻影。但是，颜色不一样了，变得阴郁，变得不祥，变得黑暗，就像盯着太阳看过之后，视野中长久留下的黑色圆圈。

我无法摆脱，耳朵里一直回响着你哼唱的歌曲；眼睛盯着祷告书，看到的是你的双脚在跳舞；到了晚上，在睡梦中，总是感到你的身子贴着我的肌肤。我想再次见到你，触摸你，想要知道你是谁，是否与我想象中完美的你相称，看看是否能用事实击碎我的梦。无论如何，我都希望新的印象能取代第一次的印象，我已经无法忍受第一次的印象了。我搜寻你。我再次见到了你。灾难！见到你两次后，我希望见到你一千次，希望一直见到你。然而，怎么才能在滑入地狱的陡坡上停住脚步呢？我不再属于我自己。魔鬼用绳子的一头拴紧了我的翅膀，他把绳子的另一头拴在了你的脚上。我成了和你一样的流浪者。我站在门廊等你，我在街道的角落寻找你，我在塔楼顶上望着你。每天晚上，我独自一人之际，更神魂颠倒，更绝望，更着魔，更失落！……

　　哦，年轻的女子，可怜一下我吧！你认为自己不幸福，唉！唉！你不知道不幸福为何物。哦！爱上一个女人！身为神父！被厌恶！用尽灵魂地爱她，为了感受到她那丁点儿的笑意，愿意献出热血，愿意献出肝胆，愿意放弃坚守，愿意舍弃救赎、不朽和永恒，愿意舍弃这辈子，还有下辈子；遗憾着不是国王，不是天才，不是君主，不是大天使，不是上帝；遗憾着臣服在她脚下的人不能更加伟大；梦的，想的，都是日日夜夜拥她在怀里；看见她迷上穿军装的士兵！神父肮脏的法衣只能让她恐惧，让她厌恶，除此之外，再也没有别的可以献给她！……你知道这是什么样的痛苦吗？漫漫长夜中，你不得不忍受浑身沸腾的血液，爆炸的心脏，裂开的脑袋，咬着双手的牙齿；这些无情的折磨让你一刻不得安宁，想到爱情，想到妒忌，想到绝望，你就像是在烧红的铁架上翻烤！年轻的女子，怜悯！片刻的放松！在烈火上撒一点灰烬！……孩子！一只手给我折磨，另一只手给我安抚吧！年轻的女子，可怜我吧！可怜我吧！

　　雨果的任务是表达出副主教强烈的激情和冲突。雨果通过具体内容表达了这一点——副主教并不是简单地说："我痛苦，我想你"，他给出了具体的内容——这些具体的内容并不是毫不相关的细节，这些细节强调了副主教情感的本质。所以，我和雨果的共同之处是：我们给出了具体化的东西，也给出了本质的东西。

　　比如说："我所有的解决方法都用尽了，修道院、神龛、工作和书！"副主教并没有说"我想要与之抗争"，这样说只是泛泛而谈，副主教给出了他尝试过的具体措施。

　　"你知道吗，年轻的女子，从那以后，在书本和我之间，我看到的是什么？你，你的影子"，这是典型的浪漫主义的笔触。如果他说，"我总是在脑子里看到你的样子"，就不如说"在书本和我之间"。读者几乎可以看到这个女孩在祷告书上翩翩起舞，这个形象非常具体，极有色彩，很有说服力。这样的描写让读者感受到了副主教的感情体验——他想要集中注意力，却被女孩的形象所影响。如果只是概括地说"我总是想到你，没法控制自己"，效果就没有这么好。

"我无法摆脱，耳朵里一直回响着你哼唱的歌曲；眼睛盯着祷告书，看到的是你的双脚在跳舞"——此处再次运用具体的例子来表达副主教实实在在的感受——"到了晚上，在睡梦中，总是感到你的身子贴着我的肌肤"，有一个英文译本，译者把这句话翻译为"在我的梦里见到你"，这是陈词滥调的泛泛而谈，是雨果不会写的那种句子。

副主教给出自己想要再次见到这个女孩的理由，我们来看看其中戏剧化的简练表达和具体表现："我想再次见到你，触摸你，想要知道你是谁，是否与我想象中完美的你相称，看看是否能用事实击碎我的梦。……我搜寻你。我再次见到了你。"他并没有说："从此以后，我无助地委身于自己的激情。"他说："我站在门廊等你，我在街道的角落寻找你，我在塔楼顶上望着你。"这一幕之前，雨果花了很多笔墨描写巴黎圣母院和塔楼。"我在塔楼顶上望着你"

是精彩的具体化例子，唤醒了读者脑海里的整体语境：读者可以看到副主教站在塔楼上，看到他注视广场里起舞的女孩。

"爱上一个女人！身为神父！被厌恶！"——这是具体化的表达，非常有力，给出了冲突的本质。"用尽灵魂地爱她，为了感受到她那丁点儿的笑意，愿意献出热血，愿意献出肝胆，愿意放弃坚守，愿意舍弃救赎、不朽和永恒。"如果他说"为了得到你的喜爱，我愿意付出一切"，这是漂浮不定的抽象概念。"看见她迷上穿军装的士兵"——并没有用"愚蠢的士兵"，如果用了，表达就弱化了。"神父肮脏的法衣只能让她恐惧，让她厌恶，除此之外，再也没有别的可以献给她"，这里作者对比了两种衣着，表现了两种人生的不同：他自己简朴的生活与士兵绚丽的（女孩眼中的）人生。作者娴熟地运用了两个小小的具体化例子，传达了整个场景的本质。"你知道这是什么样的痛苦吗？漫漫长夜中，你不得不忍受浑身沸腾的血液，爆炸的心脏，裂开的脑袋，咬着双手的牙齿"，他并没有说"日日夜夜，我因为想你而饱受折磨"，他给出了具体化的例子，细致地描述了自己感受到的痛苦——这些细节非常强烈。"咬着双手的牙齿"，写得非常好。其他都是夸张的表达——血液没有沸腾，心脏没有爆炸，脑袋没有裂开——但是，读者可以感受到他如何撕咬自己的手，他令人信服地传达出了痛苦。

"一只手给我折磨，另一只手给我安抚吧"，这句话点出了副主教的内心冲突。这是不可求的，但这也正是戏剧性所在：他请求女孩做的事情，是不可求的。

虽然副主教在小说中做尽坏事，但读者还是无法相信他是彻头彻尾的反派人物。雨果显然是想把副主教作为反派人物来塑造，但无论从心理上还是哲学上，他都没有真正接受这一想法。雨果显意识的信念和他内心最深处潜意识的人生观之间有冲突，这体现在了他的风格上。

如果雨果确定无疑地认为副主教的激情是邪恶的，那副主教讲述自己感情的方式就会更不讨好。他就会表达出丑恶或施虐的内容——变态或邪恶的感情。但是并没有，副主教表达感情的方式是如此浪漫——选择的例子如此温暖而美丽，读者自然会同情他（作者也是同情他的）。

这一番独白中没有为宗教高调辩护。副主教提及宗教的时候，总有一种亵渎神明的态度。投射出来的感觉仿佛对他而言，宗教什么都不是，他想让上帝臣服在这个女孩的脚下——这一描写很妙，但并没有投射出邪恶的情感。

如果雨果的观点表里如一，如果雨果真的认为副主教有了内心冲突就是反派人物，描写就不会这么动人，宗教色彩也会更为强烈。但在潜意识层面，雨果真的是站在了爱情和世俗这边，所以我要说："愿他的上帝助他一臂之力！"

整本小说中，副主教一直都说自己的激情是"命运"。事实上，之前他对女孩的一番话中，他说自己没能打败诱惑，因为上帝给人的力量不如魔鬼大。这是决定论的前提。但作者让人物说什么，可以完全不同于他真正的潜意识前提——副主教的这番话正好说明了这一点。

这番话表达了强烈的感情，因为存在选择的可能性，所以才会出现强烈的情感。机器人没有强烈的情感。以决定论为前提的文学作品，痛苦的情感可以描述得非常真实，但那种情感却不一定是真实存在的。

我们来看一看副主教的主张。他不断地说他想战胜自己的激情，接着，他有了再次见到这个女孩的愿望，他睁大了眼睛，等着女孩。他不断谈到自己的行为，他请求女孩可怜自己，意思是：让女孩答应爱他。他表现出了自己的激情。他已经想好了，他不能再与之抗争，于是他要赢得这个女孩。他的情感强烈，只有一个目的："如果我能让她相信我伟大的爱，也许我就能赢得她。"这是一个掌控自己命运的男人。

在自然主义学派的小说中，如果这个男人有了无法抗拒的激情，那就有很明显的哀怨语调，大概是这样的："渺小可怜的我，我没办法呀。"此处，虽然副主教用了"可怜"和"怜悯"这样乞求的词汇，他的语气却不是抱怨。

我已经指明了我和雨果的共同之处。现在，我来说一说我们之间的不同。

首先，雨果让人物做出了更多的评价，也就是说作者做了更多的评价。比如，副主教说："但是，颜色不一样了，变得阴郁，变得不祥，变得黑暗，就像盯着太阳看过之后，视野中长久留下的黑色圆圈。"男人谈论强烈的感情，可能会用到比喻。但此处，副主教过于文绉绉，雨果本可以用平实的文字让副主教说出来，这多少减弱了男人说话绝望而激昂的真实感。

雨果并不像我这样在意准确地（有倾向性地）再现真实，他往往会插入自己的观点，并不是那么坚持地去展示人物。这一点在他作品的对话中并不明显，在叙述性的段落中表现得更为明显。在叙述的部分，他经常发表观点，到了让人觉得是雨果在说话的地步。顺便说一句，他是最迷人的演讲者，才华横溢。但是，他允许作者以叙述者的身份出现，这就不客观。

19 世纪的大多数小说家都是如此，他们经常发表观点，甚至还会有这样的表达："现在，温文尔雅的读者呀，我们要告诉你一个秘密。"这是一种虚构写作的方法，虽然在逻辑上说不通。

在 19 世纪，从写作的前提来看，作者是擅长讲故事的人，就像中世纪到处游走、歌唱英雄故事的行吟诗人。作者的人设是有魅力、诙谐的人，或者像雨果这样的饱学之士。但是，既然作者要在作品中投射自己的形象，你就必须从两个层面来阅读那个时期的小说。既然要从两个层面来读，真实感就受到了干扰。因为读者在听叙述者说话时会不断地从故事中被拉出来。

这只是一种文学潮流，已经过时的文学潮流——也该过时了。（有些人想要以一种不合理的方式来复兴这种潮流。）提醒读者有人在讲故事，这是引入了无关的元素，破坏了再现真实的努力，就好比画家把画笔留在画布的一角，提醒你这幅画是他画出来的。虚构作品是无神论的世界：你就是创造虚构作品的神，但你不能让这尊神出现在你的作品中。

（如果你以第一人称写作，即把叙述者揉进故事的框架中。从效果而言，作者成了书中的人物。陀思妥耶夫斯基经常这样干，他有一本小说是站在书中某个人物的视角讲述的，书中的这个人生活在小镇上，从未参与行动，但他是当地的记录者，因此拥有了评论者的角度。）

雨果和我的另一处不同是他的重复。副主教承认对女孩有罪的爱恋，雨果要表达副主教的迷惑，没必要的话说了又说，甚至后面的表达还比不上前面的表达。

雨果的风格影响了上述所有的情感。作为一流的浪漫主义者，他懂得不用情感来表达情感，他知道情感来自人对具体事情的判断。但是，他所表达出来的情感有什么理智的含义，如何用理智的方法来表达这些情绪，他并不是很在意，而我在意。

这两种风格比较起来，我的风格更硬一些，我更精简，表达也更理性。即便是描写强烈的情感，我也要斟酌所用词汇的直接意义和隐含意义，斟酌整句话的效果。我的风格更自制，而雨果则更自由。

《阿特拉斯耸耸肩》选段中的第二个段落是一挥而就写成的。正是我建议的那种方式：自然而然地写出来，然后修改。但是，在修改的时候，我会斟酌每个词：是不是多余，有没有必要？为什么我想把它保留下来？就这么一段文字，我前前后后看了十遍，几乎没有改动。但是，也只有在前提正好符合目的和精简表达的情况下，我才能以这种方式写作。结果则是，我的潜意识没有制造出什么多余的内容。

其他段落，我的潜意识运行得没有这么好，就得改上十遍。我在手稿上一直改，一直改，改到无法再写了，我才誊写这页稿纸，我在同一张稿纸上尝试了十种不同的遣词造句。因为我没法逐字改句子，我只能写出一个句子，然后再琢磨："读起来还可以。为什么呢？"如果我能回答，句子就留下。如果感觉不太对，我就会想："为什么不对呢？"如果我能找到为什么，就换一种前提来写。有时我不知道为什么不对，但读起来就是不对，那我就用不同的方式来写，直到最后我突然发现："是的，这就是缺失的东西。"

雨果不是这样写作的。从他的作品中就看得出来，他显然不追求这种细致的准确。就仿佛他的画笔更为粗犷，更为"印象派"；我的画笔并没有刻意追求细腻，但如果有人用显微镜来观察我的笔触，就会发现画笔的每一根毫毛都自有安排。

我没有研究过，也不会说哪种方法更好。这是形而上学的问题。事实上，在显意识层面，雨果遵循的是基督徒及利他主义者的价值准则；在潜意识层面则并非如此，这不会成为他人生观的一部分，也不是他写作观的一部分。考虑到他的价值观，对于他而言，他的方法是正确的。

前面两段选文来自《阿特拉斯耸耸肩》和《巴黎圣母院》，主题是爱情，表达的方式是选择具体的细节来呈现这一抽象的概念。这一方法是浪漫主义学派处理风格的方法。

下一段选文可作为对比，来自托马斯·沃尔夫。

选段 3

选自《时间和河流》，作者托马斯·沃尔夫

啊，奇怪而美丽，这女人心想。我如何还能忍受，这无法忍受的快乐，这无法发声的壮丽歌声，这无法想象的荣耀的苦痛，充满我的人生，几近爆炸，让我无法言说！……哦，现在，站在这艘船宽阔的一侧，站在黄昏、站在回归的广漠边缘，心中是静静的感慨，哦，时间呀，只知道我们不知为何因你而满足，这魔法般的时刻，如此完美，如此未知，如此必然！……啊，秘密而孤独，她心想——他弯腰靠在夜晚的栏杆上，因为渴望而如此消瘦，因为骄傲而如此狂怒，因为无法实现的欲望而燃烧——他狂野，他年轻，他愚蠢，他被抛弃；他的眼睛露出饥饿的目光，他的灵魂因干渴而焦灼，他的心灵因无法满足的饥饿而挨饿；他靠在那里，靠在栏杆上，怀揣大梦想，他疯狂地想要得到爱，他饥渴荣耀；他是如此无情地错了，然而又如此正确！……哦，多么激情，多么骄傲！——你

呀，多么地相似，就像青春狂野而迷失的灵魂，就像我狂野而迷失的父亲，他再也没有回来！

男人转身，看到了女人，看得真真切切，男人迷失了，如此迷失了自我，他被发现了，男人看见了女人，就那么一瞬间，只看见了女人的倩影，女人也许也是一样的，这一生被看见了。他永远不知道，他只知道，从那一刻，他的心就穿在了爱情的尖刀上。从那一刻开始，他再也没能完全地失去她，再也无法完全重归以前那个孤独而狂野的完整青春。在他们相遇的那一刻，青春那份不可侵犯的骄傲就破碎了，再也无法恢复。在他们相遇的那一刻，通过某种暗黑的魔法，女人进入了男人的生活，不知不觉中，他的脉搏中就有了女人的跳动，这之后，女人又悄然地进入了他的心扉——怎么进去的，他永远也不知道——女人住在了他这一生寂寞而不可侵犯的住所；就像爱情大盗，将他灵魂所有的密室偷窃一遍，成为他所有言行，所有存在的一部分——通过这样的入侵，触摸到了他可能触摸的所有可爱，通过这样奇怪微妙的鬼祟的爱情，分享他所有可能的感觉、思想或梦想，到了最后，所有的美丽都有女人的存在，所有的音乐都有她在其中，所有的恐惧、疯狂、仇恨、心灵的变态，或无法言说的悲伤，都与她单个的身影或百万的形态相连——没有最终的自由和解脱，付出了无数的代价，有鲜血，有痛苦，有绝望，这并不能抚平那额头上永远的深深伤痕，不能卸掉肌腱上爱情古老沉重的锁链。

读者可以推测，这两个人第一次见面，彼此就有强烈的感觉，至少作者的文字大张旗鼓地想传达出这一目的。但他并没有实现他的目的。

原因在于：漂浮不定的抽象概念。以第一句话为例。"啊，奇怪而美丽，这女人心想。"什么东西奇怪而美丽？是生活，是爱情，还是她看到的男人？"我如何还能忍受，这无法忍受的快乐，这无法发声的壮丽歌声，这无法想象的荣耀的苦痛，充满我的人生，几近爆炸，让我无法言说！"读者不知道那是什么的快乐，什么歌曲的歌声，什么荣耀，人们只能推测，这位女子感受到了某种情感。

沃尔夫主要是想通过形容词来直接表达情感。从中我们可以看出，在没有名词和具体内容的情况下使用形容词，也就没有实体的属性，效果很不好。不表达出这东西是什么，就没法描述出这东西的性质。

编辑都知道，看文字有多糟糕，就看看它有多少形容词。这不是绝对的标准，但新手真的往往用了过多的形容词。为什么？因为这是最容易、最懒惰的描述方法。沃尔夫写下"这无法忍受的快乐""这无法发声的壮丽歌声"和"这无法想象的荣耀的苦痛"，他显然是觉得如果自己用了这三句话就能传达出什么东西。形容词用得恰当，一个就够，如果句子中的每个形容词都是有用的，十个也行。

我们来看，"这无法忍受的快乐""这无法发声的壮丽歌声"和"这无法想象的荣耀的苦痛"，三个句子中形容词都放在了名词的后面（在英语的结构中）。只要内容允许，这种形式也是可以的（只要是合理的，写作中就没有不可以的事情）。但此处，作者想用形式取代内容，他想通过用高调的感觉来替代他没有传达的内容，以此表达此刻的重要性。

风格上，功能决定形式。如果要表达强烈的情感，内容也可以支撑的话，多浮夸的形式都可以。某个形容词是否多余？如果内容允许，怎么样都可以。但是，绝对不要用词语来代替意义。

还有，这世上最容易的事情就是把某样东西称作"一首歌"或"音乐"，"音乐"总是暗示着强烈的情感。"爱情就像音乐"或者"建筑是音乐"或者"诗歌是音乐"——这些陈词滥调让人作呕。如果内容允许，如果有创意，也可以把某件东西比作音乐。但是，不要只为了表现激扬而说它像"歌"。什么歌？

有人曾经跟我说过，作家就不应该说"不可描述"——如果不可描述，就不要描述。此处，作者说"这无法发声的壮丽歌声"和"这无法想象的荣耀的苦痛"，如果有作者说"这说不出来"，他就承认了不确定，没有其他的含义。对谁说不出来？作者不应该把个人的写作问题强加给读者，读者跟随的是故事，不是作者的思维运作方式。

"这魔法般的时刻，如此完美，如此未知，如此必然！"为什么这一时刻"完美""未知"和"必然"？除了这些词模糊地暗示出情感的重要，此处并没有使用它们的理由。"哦，时间呀，只知道我们不知为何因你而满足"，这句话是什么意思呢？作者给出了句子的形式，但没有真正的意思，他依靠的只是这些词的内涵意义。无论从文学的角度，还是从普通文法的角度，这样写都不对。

文字是交流的途径，我们必须遵循文字的指示意义。优秀的文学风格完全不同于干瘪的梗概，其美妙之处就在于：清晰的指示意义和娴熟运用的内涵意义结合在了一起。但是，不能含糊其词。内涵意义是一种关系，如果作者没有具体给出承载这种关系的实体，那就没有内涵意义。

"哦……这魔法般的时刻"，用"哦"这个词来表示确定的情绪，是可以的，效果也可以非常好，但前提是内容要支撑得住。我们来看看雨果用这个词——"**哦，年轻的女子，可怜一下我吧！**"——这句话有如此感叹的明确理由，副主教在乞求怜悯。但沃尔夫却只用"哦"来描写一种情绪。

还有，绝对不要从积极的角度来使用"魔法般的"这个词，这是懒人词汇。什么都可以说"魔法般的"，就好比要逃避哲学问题，用神秘主义就太容易不过了。在哲学上，用神秘主义很轻巧；但用在心理学方面，它就一点儿都不轻巧了。同样的道理，"魔法般的"这个词，如果要用得恰到好处，并不容易，但如果你不知道怎么样形容某件东西，很容易就可以说："哦，简直是魔法。"

"秘密而孤独，她心想"，这一描写的目的很清楚：年轻人看起来好像有秘密。但是，说他是"有秘密的人"，这种浓缩到变形的方法站不住脚。我并不是说作者应该说"他看起来像是个有秘密的人"，这样的准确就过头了，过度的准确，是没有把握住情感的基调。清楚明白的同时还要传达强烈的情感状态，很不容易办到。但是，用不清不楚的语法来传递情感，也是不妥的。作者要写无趣的人，本人并不需要无趣。同样的，你不能语无伦次地传达语无伦次的情感。

顺便说一句，这之前有一句写得很好："**站在这艘船**

宽阔的一侧，站在黄昏、站在回归的广漠边缘。"黄昏和回归当然是没有边缘的，但没有必要死抠字眼。整个段落前，作者描写了一艘船在黄昏中驶入河港，那么"站在黄昏、站在回归的广漠边缘"的意思是清楚的：在黄昏中回家的广漠之感。此处，沃尔夫将具体的实际描写与情感结合起来。

但是，接下来，他再次用了同样的伎俩："他弯腰靠在夜晚的栏杆上"——这也是浓缩得变了形。

接下来，作者用同义词把同一个想法重复了三遍："他的眼睛露出饥饿的目光，他的灵魂因干渴而焦灼，他的心灵因无法满足的饥饿而挨饿。"不抓住本质的写作是什么样？就是这样。如果沃尔夫想要表达的是精神上的渴望，想要强烈地表达这种感觉，就应该找到表达这种渴望的最强烈方式。此处，他为难的是这些比喻都不够强烈，不足以表达他想要的效果。但是，同样的话重复三遍，并不能增强效果，重复了三遍，效果更差。

句子的最后部分有具体的意义，几乎算得上优秀："他疯狂地想要得到爱，他饥渴荣耀；他是如此无情地错了，然而又如此正确！"此处，作者表达了这个男人让女人难忘的地方。这个句子直接简单，传达出了女人对男人的印象，女人对他未来的判断和她的哲学思考（女人认为，男人期待爱情和辉煌是对的，但这个男人注定要失望——这表明了女人对这个世界的恶意）。作者给出了具体的内容，只说了一次。如果在这之前，作者描述了男人的面孔或表情，为女人的结论做一些铺垫，这句话就很优秀。

"哦，多么激情，多么骄傲！——你呀，多么地相似，就像青春狂野而迷失的灵魂，就像我狂野而迷失的父亲，他再也没有回来！"这番话提到女人的父亲，破坏了整段话的情感氛围，也破坏了之前强调这个男人的年轻、抱负和未来的描写。这是女人第一次见到所爱之人的赞歌，就不能以对家人的回忆结尾。这真是让人扫兴。

接着，这次见面就换成了年轻男子的角度。"男人转身，看到了女人，看得真真切切，男人迷失了，如此迷失了自我，他被发现了……"作者再次舍弃了内容，通过摆弄文字以求效果。你要花上数分钟来琢磨这句话的意思："嗯，找到了女人，男人迷失了。怎么迷失的？哦，因为坠入爱河。迷失了自我，他被发现了。被谁发现了？"

"他永远不知道，他只知道，从那一刻，他的心就穿在了爱情的尖刀上。"这样的意象真是丑陋无比：让人联想到烤肉叉子上穿着的肉，或蹩脚的电影里，一剑刺穿了士兵的肚子。我们得承认，这一比喻很冷静：作者认为爱情是尖刀，因为爱情带来灾难。但是，这一形象太具体，读者看到人心吊在尖刀上，真是丑陋到无法原谅。

"从那一刻开始，他再也没能完全地失去她，再也无法完全重归以前那个孤独而狂野的完整青春。"请注意，作者过度使用了"狂野"这个词。依赖某个词，用了又用，读者都意识到了这种重复，这就不好。编辑告诉过我，这位作者在他的大多数作品中都依赖某个特定的表达。此处，在一页纸的篇幅中，沃尔夫就这样做了。

上面这个句子至少传达出了具体的想法：男人青年时代的无羁无绊走到了尽头。但下一句话的意思是一模一样的："在他们相遇的那一刻，青春那份不可侵犯的骄傲就破碎了，再也无法恢复。"这两句话，沃尔夫应该二选一，不应该两句都写。

"……分享他所有可能的感觉、思想或梦想，到了最后，所有的美丽都有女人的存在，所有的音乐都有她在其中，所有的恐惧、疯狂、仇恨、心灵的变态，或无法言说的悲伤，都与她单个的身影或百万的形态相连。"想法是好的：从这一刻开始，女人是男人生命中所有重要时刻的一部分。沃尔夫想要具体地表现这些时刻，也很好；此刻，他写的是体现本质的细节。但是，夸张冗长的文字损伤了这一想法的体面："所有的恐惧、疯狂、仇恨、心灵的变态，或无法言说的悲伤。"作者必须明白写到什么时候就不能再写。

这句话中最好的部分是："都与她单个的身影或百万的
形态相连。"沃尔夫不仅表达出了意思，还表达出了情感的
质地。如果说"她的个性和个性的不同方面"，就成了干瘪
的概括。"单个的身影或百万的形态相连"，不仅具体，而
且浪漫。但是，读者必须披荆斩棘，才能抓住沃尔夫想要
表达的情感意义。

"没有最终的自由和解脱，付出了无数的代价，有鲜
血，有痛苦，有绝望，这并不能抚平那额头上永远的深深
伤痕，不能卸掉肌腱上爱情古老沉重的锁链。"沃尔夫想要
暗示某种巨大的痛苦，但他不能这样罗列同义词。鲜血、
痛苦和绝望这样的词，不要放在一起用，从本质而言，这
些词的意思是一样的。如果你想表达绝望，那痛苦这个词
就太弱了，如果你想说鲜血，那痛苦和绝望又降低了维度。

沃尔夫的风格传达了什么样的哲学思考呢？首先，对
世界的恶意，不仅是在"他是如此无情地错了"这样具体
的表达中，还体现在整体的调子上，比如"这是折磨，但
感觉奇妙""这是命运，我们无助"。他风格中根深蒂固的
暗示是人类面对情感和命运的无助。

但是，沃尔夫风格中暗含的哲学是主观主义。客观看
待现实的人不会这样写。客观看待现实的人会写，这两个

人在对方身上看到了什么，但不会给出具体推论。沃尔夫并非如此，他没有找到自己情感的原因，所以不知道怎么把这些情感告诉别人。他只知道自己喜欢某些半诗意的表达，他想用这些词来交流情感。这种方法就不恰当。

沃尔夫这个选段，内容非常贫瘠，语言的分量超重了。这样的内容，两句话就能说清楚了，剩下的都是多余的词。我并不是说恋人之间第一次见面必须用两句话来描写。不是的，你可以写四页纸，但前提是有话要说。

借用现代雕塑的术语，托马斯·沃尔夫的风格就是典型的"流动"体：太含糊了，读者想怎么解释，就可以怎么解释。这就是为什么他主要吸引的是 20 岁以下的读者。沃尔夫给出了让读者随意填充的空壳，主要目的是表达渴望、不明确的理想主义，想要逃离平庸、想要找到"更好的生活"的愿望——但这一切都是空的，没有内容。年轻的读者识别出了这一目的，给出了自己具体的内容，前提是：作者不必表达自己的意义，读者只把作者当作跳板来用。

我办不到。我阅读的时候，没法这么做。

选段 4

选自《阿罗史密斯》，作者辛克莱·刘易斯

　　交配的鸟儿发出啾啾声，春花在这静静的空气中悄悄落下，睡得迷糊的狗在半夜发出叫声，谁来把这些写下？写下也只能是平庸之作吧？在那热烈的半个小时里，马丁和莉拉的交谈就像那些古老的声音，那样自然，那样传统，那样年轻笨拙，那样永恒地美和真。他们之前一直隐隐约约错过，如今惊喜地在彼此身上找到了部分的自我。他们就像腻歪的故事里的男女主人公，就像血汗工厂里的操作工人，就像健壮的乡巴佬，就像王子和公主，嘎嘎说个不停。他们说的话，单个听来，傻里傻气，语无伦次，然而凑在一起，就像潮汐或风声那样明智而重要。

　　这一段写的是马丁和莉拉第一次见面之后，目的是展示他们恋情的本质。

　　"交配的鸟儿发出啾啾声，春花在这静静的空气中悄悄落下，睡得迷糊的狗在半夜发出叫声，谁来把这些写下？写下也只能是平庸之作吧？"此刻，作者公开承认力不从心，相当于说："我要说的都是平庸的话，但这就是事物的

本质。没有人可以例外。"并不是所有的自然主义者都会把自己写作上的问题告诉读者（无论从任何文学的角度，这都是不妥的做法）。然而，正是基于自然主义的前提，刘易斯就这样做了。按照自然主义的前提，作者应该描写"事物本来的样子"，而不是它们应该有的样子。选择标准不是价值的判断，而是统计学的判断。所以，刘易斯想要表现爱情的场景或暗示爱情，想到的只能是平庸之词——统计学上的平均值。

"马丁和莉拉的交谈就像那些古老的声音，那样自然，那样传统，那样年轻笨拙，那样永恒的美和真。"此处，刘易斯坦白了自然主义的前提："这是平庸的，但这是自然的，是真的。"谁眼中的自然和真呢？作为自然主义者，他不会提这个问题。他从统计学的角度来描写爱情。

他忠于他认为的真实，即统计学和平均值，这一点在他说"年轻笨拙"的时候表现得很明显。大多数年轻恋人可能都会表现得年轻笨拙，但这并不是人类的本性。我认为，杰出的人，在年轻的时候更浪漫、更戏剧性、更率真。然而，那种说"哦，天，亲爱的，知道不，我有点被你迷住了"的年轻人是刘易斯（和好莱坞）眼中的年轻人的爱情。

把这称为"永恒的美"，再次表明了统计学的标准。"这是大多数恋人的行为，当然，爱情是美的，因此，这就是爱情美丽的形态。"自然主义者并不从应该的角度来表现价值，他们不会去表现爱情的最高形态，而是严格地展示爱情的统计学形态。

这句话最后的部分很好，因为谈到了爱情本质中具体的（真实）东西："他们之前一直隐隐约约错过，如今惊喜地在彼此身上找到了部分的自我。"这是具体的，也是概括的。这句话与爱情的本质相关，胜过了"交配的鸟儿"和"春花"。

下面的句子表明是自我压抑的人在写作。"他们就像腻歪的故事里的男女主人公，就像血汗工厂里的操作工人，就像健壮的乡巴佬，就像王子和公主，嘎嘎说个不停。"刘易斯想要表达爱情的重要性，马丁和莉拉彼此相爱。但与此同时，他又在向愤世嫉俗的"唯实论者"表示歉意，这些唯实论者并不认同浪漫的情感。刘易斯实际上表达的是："老练的人可能会觉得浪漫的场景很腻歪。没错，我承认这一点，我也会莞尔一笑。所以，不要太当真。但我还是认为爱情很重要。"为了让这一场景更加"忠实于生活"，他选择了两组最底层的人："血汗工厂里的操作工人"和"健壮的乡巴佬"。在效果上，他承认："根据统计学的标准，血汗工厂里的操作工人和健壮的乡巴佬的数量比王子和公主多，所以我要把他们写进来。我这是尊重现实。但马丁和莉拉还是像王子和公主，至少他们觉得自己像。"

最后一句话，作者再次承认了自己的无能："他们说的话，单个听来，傻里傻气，语无伦次，然而凑在一起，就像潮汐或风声那样明智而重要。"恋人通常有开玩笑的情话，客观看来可能是傻里傻气的，但主观上对两人都有意义。任何作家，要描写这种情景，都是最难的，于是刘易斯用描述性的语言解决了这一问题："是的，单独来看，这些话可能很傻，但总体看来，却很重要，因为它表达出了亲密和爱情。"这样的做法，从文学的角度来看，不可原谅。此处，想要忠实于现实的作者应该做出努力写出恋人的情话。做到不容易，但却是可以做到的。

我列出了两位浪漫主义者，还有介于两者之间的托马斯·沃尔夫，三位作者都在大张旗鼓地处理爱情这一话题，他们都关注细节。刘易斯花了很多篇幅描写马丁的学校和莉拉的医院（马丁是医学生，莉拉是护士），接着，这位自然主义者开始处理他们人生中重要的第一次的恋情，他写了一个简短的半讽刺意味的段落。这不是偶然。并不是所有的自然主义者都像刘易斯这么拘谨，此处刘易斯有一种压抑的浪漫主义色彩，但他们所用方法的本质是一样的。

选段 5

选自《明星金钱》，作者凯瑟林·温莎

他们走进男人的房间，脱了衣服，无意识地微笑地望着对方。约翰尼先脱光了衣服，躺到船上，双手放在脑后，看着她。席琳转过身，脱下衬裙，迈出双脚，面对约翰尼。她目光一暗，面孔突然变得非常严肃，仿佛是在想这个男人怎么看她，但仿佛她此刻不再是席琳·德兰尼，只是作为一个女人朝他走去，只是作为时间的一部分，一个活在这世上的女人。她坐到男人身边，身体前倾，伸出一只手去抚摸约翰尼的头发。约翰尼伸出手，握住了她的手，立刻咧嘴笑了。

"薄荷糖霜的巧克力蛋糕——这就是你。"他两只手轻轻碰了碰席琳的胸部，"所有的风味都打包在你一人身上。"

席琳突然发出了银铃般的胜利笑声，约翰尼一把拉过席琳，把她紧紧贴在身上。

这一番文字是典型的"杂志写作"。文字没有逻辑，风格中没有半点情感或理智的分量，只是比无味的大纲略微强一点。杂志写作的质量也就这样。

　　我认为，在这一幕中，作者的确是在无意中展示爱情对这个女人意味着什么。在激情的时刻，她所想的只是，自己在脱衣服，这个男人怎么看自己。男人觉得她像巧克力蛋糕，她就发出了银铃般的胜利笑声。她通过了测试。对于这个女人而言，爱情就是安抚自我——从别人的欣赏中得到自信。

　　这一选段的描写完全没有意义，没有情感，但作者显然是记起自己在写爱情场景，必须说一点重要的东西。于是作者倦怠地扔出了几句肤浅的泛泛之谈：*"仿佛她此刻不再是席琳·德兰尼，只是作为一个女人朝他走去，只是作为时间的一部分，一个活在这世上的女人。"* 我认为，作者想说的是"这就是爱情，无论在哪个年代，无论对哪个女人，意义都是一样的"。这几句话一说，作者就完成了表达爱情重要性的职责，重新回到了杂志风格：*"她坐到男人身边，身体前倾，伸出一只手去抚摸约翰尼的头发。"*

　　"薄荷糖霜的巧克力蛋糕——这就是你。……所有的风味都打包在你一人身上。"（如果非要给这样的表达归类）这是自然主义学派，因为作者用的是她认为的现实中的俗语。作者很有可能认为："现实生活中的男人就是这样说话的。"当然，没人那样说话，即便是在蹩脚的好莱坞电影中也没人那样说话。（即便是杂志中的虚构作品也没有这么

荒唐。)

不完全清楚自己在说什么，自己为什么要这样说，以及自己谈论的是什么，还要写，结果就是这样。这是人在迷迷瞪瞪的状态下写作，没有反映出现实，也没有反映出主观世界的情绪或理智意义，只是根据潜意识中对其他故事相似场景的残留记忆，抛出一串串的文字。

选段 6

选自《情铸》，作者詹姆斯·古尔德·科曾斯[①]

回忆之下，首先要注意一个简单的事实：根据日后学到的标准，那种让年轻人恋爱，处于恋爱状态的情感，在很大程度上是人为的。这绝对不是说，这些情感是虚假的或是装出来的，但是也并非像年轻人可能想象的那样，它们不是油然而生的。理论上，爱情像魔法一般，神秘地抓住了他，这些情感就来了；理论上，这就是爱情的作用。实际上，爱情并没有干过这样的事。年轻人听说过，读到过爱情这回事。全世界都赞美爱情纯洁、高贵、美丽。爱情的确与两性

---

① 詹姆斯·古尔德·科曾斯（James Gould Cozens），美国编剧。——译者注

交合相关，但是，描述得明明白白的爱情不能涉及性——不能涉及年轻人知道的生理冲动。他知道，人们谴责生理冲动，称之为邪恶、不纯洁，他也跟着（甚至还沉溺其中）称与性相关的内容为不堪的笑话、不堪的思想、不堪的做法。无论它们是什么，都不能是真正的爱情。爱情与它们无关。显然，爱情是人世的极品。爱情这种崇高的感情，一度显得如此让人兴奋，如此体面，而且看起来人人都可以拥有。年轻人用不了多长时间，就会渴望拥有爱情……

……对于高尚心灵的标准，肉体难以完美胜任。无论多么纯洁的亲吻，无论多么体面的爱抚，一旦这种交换继续，肉体肯定会就位，走向自然的结果，呈现出真实的目的。这需要思维的约束。分裂的意识，能完整拯救这神魂颠倒的时刻，用某种意识严格地驱除另一种意识。如此分开对待，月光和玫瑰层面的思维就能继续，不受低等动物需求的影响。或者，其中一种思维能继续到一定程度。奥普（她是这么美，这么纯洁，这么无感！）无可指责，没有想到叫停，也没有必要叫停；既然她的情人可以留下，在缠绵中他不愿离开，就有了尴尬的事情，动物的反应（此刻疏于管理，挑逗过多）突然就开始了，犹豫不决，太长时间，被迫走到了不可避免的结果。小亚瑟·温纳——在月光中迷惑，在玫瑰中沮丧！——他不得不竭力掩盖危机，而他唯一羞愧的安慰就是，什么都不懂的奥普，永远不知道发生了什么。

这段记录并不是没有选择，没有判断。作者有明显的价值判断。然而，用的还是自然主义者按照"事情本来面目"的方式来记录。

注意下面的引文。比如，作者把主人公的爱情观当成本性来描述。他没有说，这是某个年轻人的爱情观——他是从广义进行描述的，仿佛所有的年轻人都是因为之前听说过爱情，才会恋爱。"年轻人听说过，读到过爱情这回事。全世界都赞美爱情纯洁、高贵、美丽。"按照作者的说法，既然人们赞美爱情，年轻人自然就会受到驱动。

科曾斯暗示说，年轻人本来没有感觉，他们只是因为听说别人感受到了，就告诉自己也感受了什么。这就相当于说，年轻人的心理比我在《源头》中塑造的彼得·基廷还要糟糕十倍。

"描述得明明白白的爱情不能涉及性——不能涉及年轻人知道的生理冲动。他知道，人们谴责生理冲动，称之为邪恶、不纯洁"，这种性观点，错误而可怕，是基督-

神秘主义的视角。科曾斯给出了最恶毒的价值观：男人是无助的，性是愚蠢的生理冲动，是低等动物的本能，而他的"高尚"情感只是愚蠢的浪漫幻觉。然而，作者并没有指出，这是主人公的观点，或主人公所在社交群体的观点。科曾斯相信，按照传统，大多数人都持这样的价值判断，他认为这些价值判断就是人类的本性。

风格的两大组成元素是内容（作者选择要说什么）和文字的使用（他怎么说）。关于男人和爱情，科曾斯要说的东西很可怕，不仅如此，他说话的方式中也有让人极为反感的东西。如果要用一个词来形容他的风格，那就是嘲讽。科曾斯嘲讽爱情，也嘲讽男人。

注意他的重复用词，这不是偶然的。（托马斯·沃尔夫的单纯的重复，是出于诗意或节奏上的考虑，科曾斯并非如此。）一开始，他说："那种让年轻人恋爱，处于恋爱状态的情感，在很大程度上是人为的。"他用了"恋爱"，然后又加上了"恋爱状态"。为什么？为了嘲讽读者："如果你太愚蠢，不知道什么是'恋爱'，那我就来开个玩笑好了，就是'恋爱状态'，这样你就更容易明白。"（这样的重复也增加了另一个元素：别扭，有意为之的别扭。）

"理论上，爱情像魔法一般，神秘地抓住了他，这些情感就来了；理论上，这就是爱情的作用。"此处重复，也是一样的目的，再次暗示了读者的愚蠢。科曾斯说的是："理论上，这就是爱情所做的事情。我说第一次，你听不懂，那我就面带冷笑，屈尊再告诉你第二次。"

科曾斯声称，理论上，爱情像魔法一样，不知是从何处冒出来的，接着他说："实际上，爱情并没有干过这样的事。"既然此处"理论"的意思是理性或思考，那么暗含的结论就是人不能思考。

这个例子很好地说明了人们总是提及理论和实践之间所谓的对立。首先，提出一个愚蠢和没有逻辑的理论，接着，作者得意扬扬地展示了这一理论在实践中行不通。在这一段中，科曾斯拿出了最陈腐、最肤浅的一套理论——爱情是盲目的，继而又说爱情并非如此。他的目的，以及整个理论-实践对立的目的，就是要展示面对事实，面对自己的情感，人的思维无能为力。一个人，对爱情有某种信仰，在现实中却发现了不一样的东西。那我们就要问：如果他相信科曾斯的胡说八道，是人类思维有问题，还是这个人太蠢？但是，科曾斯不会提出这个问题。他的目的就是贬低人类和人类的思维。

我们来看看科曾斯笨重的写作风格，他用了维多利亚中期小说复杂别扭的长句，还故意点缀上粗俗的陈词滥调，比如说"月光和玫瑰""低等动物""极品"。他把这些词写到文中，是想提醒读者："我，作为作者，现在勉为其难说一说你们的语言，而你们的语言就是'*月光和玫瑰*'，还有'*极品*'。"其中暗含的意思就是，读者读不懂"*显然*""*恋爱状态*"或者"*两性交合*"这样的沉闷语言，所以作者要时不时地降低维度，说一些读者能够明白的粗俗的语言。语言风格别扭而陈旧，故意使用丑陋无感的陈词滥调，这也是他的文字如此令人反感的一个原因。这也是科曾斯在形而上学的角度传达嘲讽的另一途径。

　　敏感的读者，看到这段选文的风格，就会觉得不舒服。字里行间都是对读者智力的侮辱，无论是作者选择说的内容，还是他选择的方式，都体现了这一点。

　　读者读一遍是没法明白作者想说什么的。这并不是因为他的风格微妙深刻，而是因为在语法上太难缠了。比如说："*奥普（她是这么美，这么纯洁，这么无感！）无可指责，没有想到叫停，也没有必要叫停；既然她的情人可以留下，在缠绵中他不愿离开，就有了尴尬的事情，动物的反应（此刻疏于管理，挑逗过多）突然就开始了，犹豫不决，太长时间，被迫走到了不可避免的结果。*"这也算不上没写好，因为科曾斯已经尽力而为，从他的标准来看，这是好文章，也就是说，这是他想要的，很有可能是花了好大工夫才写出来的，真的，自然而然地写，谁能写出这样的东西。如果"艺术"的含义是执行目的，那这就是高雅艺术。作者的目的，不可反驳。

作者的目的：蓄意摧毁读者的心智。语法结构凌乱，读者没法理出其中的思路。"奥普（她是这么美，这么纯洁，这么无感！）无可指责，没有想到叫停，也没有必要叫停。"真要想一想，才能记起奥普这个人物。如果作者继而说奥普没能做到的事情，那还符合逻辑顺序，可是他又在主语后面加入括号的内容。为什么？就是要让读者发愣，就是不让读者正常思考。

这段话的后面，他也是这样干的："就有了尴尬的事情，动物的反应（此刻疏于管理，挑逗过多）突然就开始了。"要理解其中的含义，思维必须按照一定的时间顺序来进行，但是，作者又横插一脚，打断了读者的思维，让读者不知所措地站在一边，无法领会他原本的意思。科曾斯故意打断读者的思维，让读者进入一种迷惑不解的非理性状态。

读者需要睁大眼睛，在字里行间仔细琢磨，才能明白科曾斯要说什么。他模仿的是维多利亚中期写作的那种谨小慎微，谈论性的时候非常隐晦，非常羞涩——越是隐晦，不敢公开说出口的含义就越是不堪。

他所展示的是选段第一部分给出的爱情理论。即便这个年轻人认定爱情与性无关，甚至这对年轻人想保持贞洁的关系，但事与愿违，该来的还是来了，科曾斯所说的并不是正常的交合。事实就是，他不是在谈论真正的风流韵事，而是完全没有必要提及的事情，这就是科曾斯典型的风格。他煞费苦心，用这种禁欲的风格写作，把本来不丑陋的东西变得丑陋。

无论是谁的作品，塑造得最好的人物都是作者本人。上文所有的选段中，没有哪篇直接谈到了哲学和价值观，但其中暗含着作者的哲学和价值观。哲学体现在一个人选择说的话上，还体现在他如何说上。从这个角度而言，虚构作品的作者无法隐藏自己。在精神上，他是裸体出镜的。

你无法人为地制造风格，每个句子都逐字而写，每个字都斟酌一番。"这是否符合我的座右铭？"作者的风格来自他所接受的哲学——潜意识中接受的哲学。

在你的日常行为中，你的人生观、价值观等前提会"冒出来"，它们会以很多微妙的方式冒出来，你可能遇到的冲突，特别是紧急情况，都会展示出你的观念。在你的写作中，你的潜意识中的观念的前提也会冒出来。如果你显意识层面的哲学观念的前提已经沉降到潜意识，就能自动运行，那就会体现在你的风格中。如果你显意识层面的前提还没有充分吸收，如果你在潜意识层面还有与之冲突的前提，这也会表现出来。如果你的前提合理，会体现出来。如果你的前提糟糕透顶，会是什么结果呢？看看科曾斯的选段吧。

如果你对潜意识的输出表示不满意，可以通过显意识层面的思考来纠正。但在写作的过程中，不要审查自己，这不会有好结果。要成为自己想成为的作者，首先必须成为你想成为的那种思考者。

人的灵魂是自我塑造的，作者的风格也是自我塑造的。造就这两样东西的是同一过程：对某些前提确认无疑，让这些前提成为潜意识，让其自动运行。

第九章 风格第二讲：描写自然和城市

选段 1

选自《阿特拉斯耸耸肩》，作者安·兰德

她坐在火车的窗户边，头往后仰，一动不动，她希望自己永远也不要再动弹。

窗外飞快闪过一根根电线杆，下面是一望无垠的棕色草原，上面是锈灰色的厚厚云层，火车仿佛迷失在这两者之间的空白中。暮色吸走天空的光芒，却没有留下落日的伤口；看上去就像一具贫血的身躯在消逝，耗尽了最后一滴血，最后一抹光。火车朝西边驶去，仿佛是被牵引着，跟随着下沉的光线，静静地从地球上消失。她坐在那里，一动不动，没有半点抵抗的心思。

这些展现的是指示意义和内涵意义结合的艺术。

我从火车车窗的角度描写日落——阴郁的日落，要符合达格妮这一幕的心境。我用传达本质的细节给出了这一场景的准确信息，通过选择文字和比喻，我渲染出了想要的氛围。我与托马斯·沃尔夫不一样，我不会脱离创造氛围的因素去渲染氛围。我选择的是既能传达具体细节又有明确内涵的词。

比如说，"上面是锈灰色的厚厚云层"，"锈"这个词不仅能表示颜色，还能表达出阴郁的氛围。下一句话中"暮色"这个词就有悲伤的内涵意义。这一部分最好的描写是："暮色吸走天空的光芒，却没有留下落日的伤口。"落日在天空中看起来可以像一道伤口，这个比喻在意象上也很恰当，有助于读者去想象日落；我说暮色吸走天空的光芒，却没有留下落日的伤口，通过否定的方法，给出了准确的描写和氛围。接着，我用同样的风格继续使用比喻："看上去就像一具贫血的身躯在消逝，耗尽了最后一滴血，最后一抹光。"这里的"一抹光"让比喻回到了日落和傍晚的真实中。

假设我一开始就说："这是傍晚，她坐在火车的车窗边。暮色吸走天空的光芒，却没有留下落日的伤口。"这就是漂浮不定的抽象概念。首先，我必须给出明确的细节：

广袤的棕色草原，天空的云层很厚，颜色是锈灰色，看不见日头落下。这样铺垫后，"却没有留下落日的伤口"的比喻才有说服力。一开始用比喻，就会含糊不清，因为没有回答这个问题：落日到哪里去了？

下一句的文字有一种消沉朦胧的感觉。"火车朝西边驶去"，这里暗指了落日和傍晚。"仿佛是被牵引着"，表示甚至不是靠着自己的动力前进。"跟随着下沉的光线，静静地从地球上消失"，这一部分是据实描写，因为火车本来就是朝着西边开去，但是"静静地从地球上消失"，我暗示的不仅仅是消失在落日中，我暗示的是毁灭和无助，暗示的是"日子就要走到尽头"的感觉，而这正是选段所在章节的情绪基调。

在我的意识形态中，自然只是人类创作中的素材或场景。因此，我描写自然，是当作人的背景来描写，自然不会独立于人物或场景而单独存在，自然不是我描写的目的。（这一点，可以讨论。如果作者觉得描写自然有特别的价值，我认为他的这一前提是错误的，但我们不能说，他基于这一前提写作，就犯下了过度描写的错误。）

在这个场景之前，我是基于达格妮的视角描写的，她坐在火车的车窗边，这是她看到的东西。然而，因为我描写了地方和日落真实的场景，如果不提坐在车窗边的人，也可以这样写。我没有把达格妮的情绪投射到描写当中。

等我们看到后面托马斯·沃尔夫的选段，你会发现，处理方法是不一样的。他描写的是纽约，他没有区分什么是人物看到的，什么是人物感受到的。

选段 2
选自《七个哥特故事》，作者伊萨克·迪内森

这条从谢文修道院到霍普巴勒斯的路，往上的高度超过 500 英尺，蜿蜒穿过高高的松树林。走在路上，时不时地会看到下方大片广袤的土地。下午时分，太阳照在冷杉树干上，像燃烧的火焰，远处全是蓝色，淡淡的金色，似乎很凉爽。鲍里斯还是个孩子的时候，女修道院的老园丁告诉过他一番话，现在他相信了。老园丁说：某一年的这一天，他看见一群独角兽从林子里走出来，凝视着阳光下的山坡。有斑点的白色母兽，在阳光下是玫瑰色的，它们轻盈精致地走着，看管着自己的孩子。那匹年老的公马，深棕红色，鼻子嗅着周围的气味，蹄子敲打着地面。这里的空气弥漫着冷杉叶子和蘑菇的气息，如此清新，他打了一个哈欠。然而他觉得，这与春天的清新感觉不一样，春天

的勇气和欢愉，在这里染上了绝望的感觉。这是交响乐最后的乐章。

在浪漫主义风格的作品中，这是我读过的最美的描写之一。（伊萨克·迪内森写得最多的还是奇幻故事，她到底是浪漫主义者还是自然主义者，我们很难去界定，但她肯定是更接近浪漫主义者的风格。）

首先，作者给出了大致的场景：穿过松林的一条路，蜿蜒而上。接着，她开始给出具体细节："下午时分，太阳照在冷杉树干上，像燃烧的火焰，远处全是蓝色，淡淡的金色，似乎很凉爽。"读者通过这几个基本的信息，大致看到了一幅美丽的画面。

作者下面的操作非同寻常，难度也很高。为了渲染周围景致的氛围，为了让读者有一种更广泛的、更本质的感受，作者没有去描写树叶、枝丫或草地，而是拿出了很独特的方法："鲍里斯还是个孩子的时候，女修道院的老园丁告诉过他一番话，现在他相信了。老园丁说：某一年的这一天，他看见一群独角兽从林子里走出来，凝视着阳光下的山坡。"注意其中的内涵。在一个女修道院里，一个老园丁给一个孩子讲了点什么，这本来就有奇幻色彩。老园丁跟孩子说，自己见到过独角兽，这种不可能实现的幻想投射出了这个下午诡异的气质。如果是"一群马",那就传递不出这样的效果,因为作者是要暗示某种超自然、奇特,几乎诡异但又非常吸引人的氛围。"某一年的这一天"娴熟地展示了作者的目的:不是要沉溺于幻想本身,而是说,这一年的这一天,树上和斜坡上的阳光有这种奇异和幻想的气质,人们会因此想到某种超自然的事情。

作者继续描写独角兽,艺术手法不同寻常,独角兽的形象非常具体。这一描写几乎可以算得上过于细致了,但都是本质性的描写:"有斑点的白色母兽,在阳光下是玫瑰色的,它们轻盈精致地走着,看管着自己的孩子。那匹年老的公马,深棕红色,鼻子嗅着周围的气味,蹄子敲打着地面。"注意,配色方案非常细致:母兽是"有斑点的白色母兽",但是"在阳光下是玫瑰色的",再次提醒读者这是下午的阳光。它们"轻盈精致地走着",暗示的是赛马优雅的脚步,然而这些母兽是独角兽,这就让它们更为轻盈精致。这一细节给了幻想以真实的感觉,这样写,作者渲染出了这个下午的氛围。

下个句子则完全是写实:"这里的空气弥漫着冷杉叶子和蘑菇的气息,如此清新,他打了一个哈欠。"写得非常好:选择最本质的内容,用词简练,读者几乎可以闻到森林的气息。

"然而他觉得，这与春天的清新感觉不一样，春天的勇气和欢愉，在这里染上了绝望的感觉。"既然这是不同于春天的那种气息，读者可以推断这是秋天。但是作者不直接说，靠什么来暗示这是秋天呢？那就是之前那种奇异的幻想色彩：超自然的氛围，金色、粉色和不同的红色，颓废的感觉。最后一句话总结出整体效果："这是交响乐最后的乐章。"

作者具体地描述了这片山坡，描写了这一年这一刻，也描写了那一年这一刻。为了传达出想要的氛围，她给出了具体的意象，有冷杉，有独角兽，有独角兽的颜色和动作，甚至还有远景图，还有森林的气息。这些都是具体的内容，不同于说"这是奇异幻想的景色，美丽但有悲剧色彩，可爱，但令人心颤"。如果这样写，就是漂浮不定的抽象概念。

选段 3
选自《源头》，作者安·兰德

他从火车上再次回头，这座城市的天际线映入他的眼帘，在窗外停留了几秒。暮色抹去了建筑的细节。它们就像一道道窄窄的、淡淡的、瓷器般的蓝色，这种颜色不属于真实的事物，而属于傍晚和远方。它们拔地而起，只有轮廓，就像空空的模具，等着被人填满。距离抹平了这座城市。一道道的，顶天立地，与周围不成比例。它们属于它们自己的世界，它们告诉天空，人想到了什么，人做到了什么。它们是空空的模具。但是，人已经走到现在，人还将走得更远。天际边的城市是一个问号——是一个期许。

此处，我首先从本质的角度呈现了视觉上的描写，接着给出这一描写的象征意义，或者说哲学意义。

这一段的开头部分描写的是城市，第二部分则表达意义。"空空的模具"这一概念将这两部分联系在一起，这一概念放在上下两部分都是说得通的。"它们拔地而起，只有轮廓，就像空空的模具，等着被人填满"，从远处望去，看不到细节，高楼看起来就是这样。我用一句话完成了视觉描写到哲学意义的转化："一道道的，顶天立地，与周围不成比例。它们属于它们自己的世界。"这一点，适用于它们的大小，也适用于它们的意义。"它们告诉天空，人想到了什么，人做到了什么。它们是空空的模具。但是，人已经走到现在，人还将走得更远。"此处，"空空的模具"是严格的象征意义，代表的是期许。

　　这一段来自《源头》的第一部，罗克不得不离开这座城市去花岗岩采石场工作。所以，这一段的意义是很清楚的。"天际边的城市是一个问号——是一个期许。"这是一个问题，因为考虑到罗克的境况，他对自己的未来并没有十足的把握，是期许，因为人（此处指罗克）"走得更远"。

　　此处，我传达出城市鼓舞人心的气质，在这本小说的具体语境中，对于罗克而言是鼓舞人心的，在更广泛的意义上，这也是鼓舞人心的，因为我强调了城市是人类成就的象征。

　　这一段落展示的方法是：实际的描写和实际描写的哲学意义，你可以把两者整合在一起，同时也分得很清楚。注意，意义是合情合理地从描写中衍生出来的。高层建筑拔地而起，与周围不成比例，这样的描写之后，能得出它们代表了人类成就的结论，这在逻辑上是成立的。（我们之后会看到托马斯·沃尔夫的选段，他的方法不一样。）

　　[接下来的内容是对《阿特拉斯耸耸肩》选段的分析，最开始是讲稿，后来安·兰德本人把这部分写了出来。此处是安·兰德本人的稿子（有几处标点符号的改动）。]

选段 4

选自《阿特拉斯耸耸肩》，作者安·兰德

　　云层包裹了天空，往下降，成了雾气，包裹了街道，仿佛天空吞没了这座城市。她看得到整个曼哈顿岛，长长的三角形，切入看不见的大海。它看上去就像沉船的船头，有几座高楼像烟囱一样，还露在上方，其余的都消失在灰蓝色的盘旋中，慢慢往下，陷入水汽和空间。她想，它们都是这样消失的——亚特兰蒂斯城，还有所有消失得无影无踪的王国，在人类的语言中留下同样的传说，同样的渴望。

　　这一段的描写有四个目的：（1）从达格妮的窗户望出去是什么样的，也就是纽约城在有雾的傍晚是什么样的；（2）暗示一直以来各种事件的含义，即作为伟大的象征，城市注定走向毁灭；（3）将纽约城与亚特兰蒂斯的传说联系起来；（4）传达出达格妮的心境。所以我必须从四个层面来描写：字面意义、内涵意义、象征意义、情感意义。

　　开头的句子奠定了四个层面的基调："云层包裹了天空，往下降，成了雾气，包裹了街道，仿佛天空吞没了这座城市。"从字面意义来看，这句话很准确：描写了有雾的

傍晚。但是，如果我换成"天空中有云，街道上有雾"这样的表达，就没有了其他的含义。通过遣词造句，我让句子动起来，仿佛云层有什么目的，主要是为了达到下面的效果：（1）在字面意义这一层，视觉上更有动感，展现雾慢慢变浓的过程；（2）在内涵意义的层面，这句话暗示了两个对手的冲突，也暗示了这一冲突的规模较大。冲突双方是天空和城市，而城市被天空吞没，暗示了城市的末路；（3）在象征意义的层面，"吞没"这个词敲响了定音，联系到亚特兰蒂斯城，暗示了下沉的过程。通过内涵意义，也把雾气涌动与海浪涌动交融在了一起；（4）在情感意义的层面，在这种不祥的、要被吞没的冲突中，"包裹"这个词非常安静，给出了一种安静而荒凉的无助氛围。

"她看得到整个曼哈顿岛，长长的三角形，切入看不见的大海。"这是字面上的、现实的描写，但是，通过"切入看不见的大海"这几个词，我为下面的比较做好了铺垫，我提到了大海这个词，进一步与亚特兰蒂斯建立联系，而看不见的大海这一事实有两个目的：表示雾的浓度，暗示象征的传说意义。

"它看上去就像沉船的船头，有几座高楼像烟囱一样，还露在上方，其余的都消失在灰蓝色的盘旋中，慢慢往下，陷入水汽和空间。"此处，我的目的浮出水面，但因为前面有铺垫，读起来是合情合理的，并不是突兀的描写。这一句做到了以下几点：（1）在字面意义的层面，这是具体的描写，足以产生感官上的真实感，很好地描写了纽约城；（2）在内涵意义层面，"有几座高楼像烟囱一样，还露在上方"暗示的是英雄气概，为数不多的孤胆战士还在抵抗，而其他逊色一些的都屈服了；（3）在象征意义的层面，"下沉"的船与下沉的城市之间的联系是显而易见的；"消失在灰蓝色的盘旋中"既适用于云雾的盘旋，也适用于海浪的盘旋；"慢慢往下，陷入水汽和空间"，这一句是我把四个层面整合在一起，其中有我的倾向性，只是为了让读者注意到：有了"水汽"这个词，抓住的是对雾气的字面描写，但"陷入空间"的想法还真不能用于眼前的场景，也不能用于沉船，它指的是纽约的毁灭和亚特兰蒂斯的毁灭，也就是伟大理想的消逝；（4）情感的氛围是显而易见的。

"她想，它们都是这样消失的——亚特兰蒂斯城，还有所有消失得无影无踪的王国，在人类的语言中留下同样的传说，同样的渴望。"这是对描写的总结，是"点睛"之句，不是随便写的，而是总结之前这段话中读者得到的所有元素，从效果上看，在读者脑子里留下这样的印象："是的，这就是为什么她有这样的感觉。"

以上只是在写这段话时的主要考虑。还有很多很多其他的考虑，关系到每个句子的遣词造句，如果一一道来，就要用到数页的篇幅。

我们用最后一句话来举例说明，重新写。假如我这样改："她想，亚特兰蒂斯就是这样消失的。"这样一个句子就显得过于简单，达格妮的思维直接就到了亚特兰蒂斯城上，来得太方便，显得突兀，不自然。我真正写的是"**她想，它们都是这样消失的**"，缓冲一下，再过渡到达格妮的思维，暗示她是突然、不由自主地想到亚特兰蒂斯，这是情感上的联想，而不是有意识的考虑。

假设，我现在精简这个句子，只剩下亚特兰蒂斯，别的都不提。那么整个段落的真正含义就只能靠暗示了——模糊、选择性的暗示，读者不一定注意到了。"**还有所有消失得无影无踪的王国**"，写了这句话，我就清楚地点出了自己的主要目的：这一段说的是迷失的理想，人类一直在追求，在奋斗，在寻找，却从未找到。

假设，我在"**在人类的语言中留下同样的传说**"这里结尾。这只是历史性的思考，对于达格妮而言，没有情感意义，没有指出她这一特定思绪的情感原因。这样一来，如何解读达格妮的情感反应就只能交给读者的主观倾向，读者可能解读为难过、恐惧、愤怒、无助或无关紧要的东西。加上"**同样的渴望**"这几个字，我指出了她具体的心情，以及她对自己处境情感反应的本质：极度渴望已经无法企及的理想。

假如我换一下最后一句话的顺序，变成这样："还有所有消失得无影无踪的王国，把同样的传说，同样的渴望留在人类的语言中。"这样重点就变了，强调的是追求理想的普遍性，人类都追求理想的事实。但是，我想强调的是对理想的追求，不是这种普遍性，因此，我必须突出"**同样的渴望**"这几个字，必须放在最后，几乎就是一种不情愿的坦白，是高潮的部分。

不，我当然不会期望这段话的读者有意识地去考虑上面提到的具体内容。我想要读者得到整体的印象，情感上的总和。读者只需要关心最后的效果，除非他想要去分析，否则他根本没有必要知道这一效果是如何达成的，但是我应该知道。

写这一段的时候，我当然不是有意识地精雕细琢。写作的心理过程非常复杂，此处我也不会一一解释，我只想指出其本质：首先，你要让自己的潜意识准备就绪，或者说有正确的前提。这本书的主题、情节和主要人物，所有的基本元素，你必须了如指掌，这样前提才能自动运行，你才会有一种几乎是"本能"的感觉。接下来，真正开始动笔写某个场景或段落，根据语境的逻辑，你得有一种感觉，感受到你要写什么，然后用你的潜意识做出正确的选择来表达这种感觉。之后，你通过显意识层面的编辑来检查修改。

选段 5

选自《一夜孤独》，作者米基·斯皮兰

这样的夜晚，从来没人步行穿过这座桥。细雨蒙蒙，几乎像雾气一般，像冰冷的灰色帘子，帘子的另一边，与我相隔的是一团团苍白的颜色，那是一张张面孔，关在水汽凝集的车窗后。车子发出嘶嘶的声音，从我身边开过。即便是曼哈顿夜晚耀眼的那片光，也萎缩成了远处几点睡意蒙眬的黄色亮点。

不远处某个地方，我停下车，开始步行，脑袋缩进雨衣领子里，黑夜就像毯子一样笼罩在我周围。我走路，抽烟，把烟头往前扔，看着抛出的弧线落在人行道上，最后一闪，发出嘶的一声。如果道路两旁的建筑窗户后面有生命的存在，我也没有注意到。这街道是我的，都是我的。他们开开心心就给了我，还不明白我为什么想要，多好呀，就我一个人。

这是浪漫主义学派的写作：作者选择了描写本质的内容（而且做得非常好）。

比如，一个人独自行走在雨中，周围有很多场景：湿漉漉的人行道、街灯、锡罐头、垃圾桶。但是，对作者想要表现的场景，什么样的内容才是最典型的呢？车中的面孔——"一团团苍白的颜色，那是一张张面孔，关在水汽凝集的车窗后。车子发出嘶嘶的声音，从我身边开过"。此处，功力不够的作者可能只会说"面孔"，而斯皮兰描述了现实中看起来的样子，在那种情况下，一张张脸看起来就是"一团团苍白的颜色"。"关在水汽凝集的车窗后"这样的描写非常艺术：我们看到狭小空间里的面孔时，就是这个感觉。"关在"这个词就比"看得见"这样的词更为精练准确。"车子发出嘶嘶的声音，从我身边开过"描述了车子开过湿路面的声音。

有评论家攻击斯皮兰，我一直都想把这段描写扔到他们脸上，这段描写展示了真正的文学才能。不幸的是，他不知道如何充分发挥自己的才能，他的作品中有些段落真是马马虎虎。但是，我们如何判断一个人的文学才能呢？就和判断智力一样：看这个人表现出来的最佳潜力。如果这一段能写成这样，那他所有的作品都可以提高到这个标准。

下一段，"脑袋缩进雨衣领子里，黑夜就像毯子一样笼罩在我周围"，描写得很生动。斯皮兰给出了本质的内容，让读者感受到了在雨气蒙蒙的夜晚，竖起衣领走路是什么样的感觉。

下一句最妙："我走路，抽烟，把烟头往前扔，看着抛出的弧线落在人行道上，最后一闪，发出嘶的一声。"这一句给出了这个人走路的特点，准确地完成了描写。"弧线落在人行道上"，简练而准确。斯皮兰并没有说"划出一道弧线落在"或仅仅用"落在"这个词。他选择了用"弧线"来描述烟头如何落下（弧线这个词，也算是很常见了，但在这个语境中，很贴切）。"最后一闪"也是妙笔：最后冒出的一点火确定了整个场景的氛围。

这之后，斯皮兰的水准就往下滑了。

"如果道路两旁的建筑窗户后面有生命的存在，我也没有注意到。"虽然准确，但从描述的角度而言，太轻巧，没有那么与众不同。

从语法的角度，"还不明白我为什么想要，多好呀，就我一个人"，这样的句子很不好。口语化的风格，特别是在以第一人称写成的故事中，是可以使用的，但是，语法不对的口语表达就不可以。

比如说，"我走路，抽烟，把烟头往前扔"这样的句子是口语化的风格，然而有很高的文学质感，文字很简单，用的是人物会采用的语气，但这简单背后很有艺术的心思。相比之下，"还不明白我为什么想要，多好呀，就我一个人"，这句话就不清楚。如果作者是在口述，配上语气，这样的句子还说得过去，但写到纸上就不行。这句话焦点模糊。读上去，好像明白，又好像不太明白。对比前一句话的精练和准确，这一句特别刺眼。

很不幸的是，斯皮兰的特点就是如此，有写得好的句子，有很随意的句子，都凑在了一起。经验教训是：无论你的才华如何，一定要关注你的句子或段落，一旦疏忽，就会出现漏洞。所以，无论是关键段落，还是微不足道的转折段落，对你所写的内容，都要同等关注。并不是说所有的内容都要一样耀眼或一样重要，但你必须一视同仁地写。

选段 6

选自《蛛网与岩石》，作者托马斯·沃尔夫

那时，那刻，那地方，以无与伦比的巧合击中了他青春的那颗心，击中了他欲望的顶点。这个城市从未像那一晚那么美丽。这是第一次，在他眼中，在所

有的城市中，纽约成了至高无上的夜晚之城。这里已然有一种让人惊讶、无可比拟的可爱，一种现代的美，扎根于它的时空，没有别的时空可以媲美。他突然意识到其他城市夜晚的美——在圣心教堂大圆顶之下，巴黎延展开来，广阔而神秘的灯光，处处显现出氤氲欲睡、性感而神秘的夜色中的花团；还有伦敦，烟雾缭绕中的灯光，如此广袤，迷失于无边无际，有着奇特的震撼。这些城市都有自己特别的气质，如此可爱神秘，然而都不能与此刻的美相比。

在夜晚的画框里，城市在他的视野中耀眼夺目，这是他第一次用这样的视野去描述这座城市。这是一座残酷的城市，但它也是可爱的城市；这是野蛮的城市，但也如此地温柔；这里苦涩、严酷而暴力，这是石头、钢筋和打洞的岩石做成的地穴，被灯光残忍地抽打，它在咆哮，与无休无止的人类和机器搏杀抗争；然而它的脉搏如此甜美，如此精致，充满了温暖、激情和爱，也充满了仇恨。

再也没有比这一段选文更主观的描述了：全部是估计和判断，而且作者还不告诉读者他估计判断的是什么。

想象一下，如果沃尔夫谈论的不是城市，而是夜晚的平原。"新泽西的平原是布列塔尼或诺曼底的平原无法比拟的。"他可以用同样的描述,用同样的形容词和同样的情感,反正他也不会告诉读者他为什么要说这些话。沃尔夫完全没有用实例来区分纽约和任何其他城市。

此处,作者无法区分主观和客观,无法区分纽约的夜景和其他城市的夜景给他的感受。他在投射自己的感觉,仿佛这种感觉就是对城市的描述——仿佛描述了纽约让他觉得可爱的地方,就描述出了纽约的特点。但是,这种"可爱"是建立在对某件东西的估计判断上。他却没有告诉读者这件东西是什么。

仔细看一看他给出的具体细节,就会有一系列的疑问。

"这个城市从未像那一晚那么美丽",他没有说为什么。"这是第一次,在他眼中,在所有的城市中,纽约成了至高无上的夜晚之城",他没有说为什么,也没有说夜晚的城市与白天的城市有什么不同。"这里已然有一种让人惊讶、无可比拟的可爱"——为什么呢?"一种现代的美,扎根于它的时空,没有别的时空可以媲美。"什么是"现代的美"?"他突然意识到其他城市夜晚的美。"什么是巴黎和伦敦的夜晚?"这些城市都有自己特别的气质,如此可爱神秘",他没有说出这种特别的气质是什么,也没有说出它们的可爱神秘是什么。对于巴黎和伦敦的描写是完全可以互换的泛泛而谈——"广阔而神秘的灯光，处处显现出氤氲欲睡、性感而神秘的夜色中的花团"和"烟雾缭绕中的灯光，如此广袤，迷失于无边无际，有着奇特的震撼"——这两者之间有具体的不同吗？没有。

我们可以从纽约、巴黎和伦敦的名字，从"现代的美"这样的词语中猜测：沃尔夫看到了充满摩天大楼的城市和有着古老建筑的城市之间的区别。如果他把摩天大楼的灯光、棱角分明的结构与古老的圆顶和教堂尖塔进行对比，那么他所暗示的内容也就有了意义。他肯定是看到了什么，让他觉得这个城市现代，其他的不现代，他也看到了巴黎和伦敦之间的区别。但是，他甚至没有向自己说清楚这一点，更不要说读者了。他关注的只是这三处景象让他感觉不一样。

不能这样直接地表达情感，要表达情感，那就要表达出是什么让你有了这种情感，或者是写出从情感而发的结论。此处，作者就这样投射情感——"夜色中的花团"，这不是情感，不是思考，也不是描写，只是词语的堆砌。

现在，来看这句"在圣心教堂大圆顶之下，巴黎延展开来"，考虑到这句话没有具体的描写，作者是假设读者到过巴黎，站在了这一高点，看到了这幅景象。预想读者有这样的感受，就是跳出了客观的范围，读者必须从作者的笔下了解故事的具体内容。这样写，就像在说："我周游世界，我知道这样的景象，如果你们这些乡巴佬没见过，那这是你们的错。"我觉得沃尔夫并不是这样想的，但掉书袋一般的写法，就有这种意思暗藏在其中。

提到地标建筑，总要描述一下，让不知情的人有所了解，否则就像贴在旅行箱上的标签，只是拿来显摆的。即便是写纽约，也不要只说一句"地平线上，帝国大厦拔地而起"，这世上还有没有见过纽约的人。首先，你要为他们简单地描述一下帝国大厦的形状。只是扔出名字，这就不妥。

我说沃尔夫没有搞清楚什么是主观，什么是客观，第二段有个句子很能说明问题。"在夜晚的画框里，城市在他的视野中耀眼夺目，这是他第一次用这样的视野去描述这座城市。"视野不能描述任何东西。沃尔夫认为，他的视野给自己提供了所有的估计判断，他认为，只要有了城市的景象，就能知道城市残酷而可爱，充满了爱和恨。但这是不可能的。

他看到了残酷和可爱，但他没有告诉读者自己为什么看到了，怎么看到的。如果他的判断是基于这一晚看到的内容，他应该给出具体的描写，让读者得出结论，让读者认为这是一座残酷的城市。如果他的判断是基于回忆或对这座城市的了解，同样的道理，他也应该给出理由，告诉读者为什么他在此时根据所见的内容，得出了这样的判断。

下面的描写过于宽泛："这里苦涩、严酷而暴力，这是石头、钢筋和打洞的岩石做成的地穴。"如果给出具体的细节，说"这是石头、钢筋和打洞的岩石做成的地穴"，可能会达到总结的效果。完全就靠这几个词，太轻巧，太宽泛。

这段话到了最后，就变得荒唐了："然而它的脉搏如此甜美，如此精致。"如果他此处"脉搏"的意思是喧闹或振动，那么一座城市的脉搏怎么会甜美或精致？"充满了温暖、激情和爱，也充满了仇恨"，这听起来就是政客在大说空话，没有实际的内容。

这段话全是漂浮不定的抽象概念，什么都没有描写，这是非常典型的例子。

自然主义学派的描写

自然主义学派描写的本质是列清单。以辛克莱·刘易斯《阿罗史密斯》第一章对医生办公室的描写为例，特别留意对办公室洗手池的描写：

> 最不干净的角落是铸铁洗手池，这地方更多的是用来洗早餐装鸡蛋的盘子，而不是用来消毒器械。水

池边放了一个破试管、一个坏鱼钩、一个没有标签被遗忘的药瓶、一个露出钉子的鞋后跟、一个咬烂的雪茄头，还有一把生锈的手术刀插在一个土豆上。

如果对方是搬家公司的，要打包东西，这份清单很清楚。但这份清单没有整合在一起，无法让读者对这个办公室是什么样的地方有整体的印象。

在《道兹沃斯》[①]中，刘易斯描写了道兹沃斯对英国火车的印象：

奇怪，座位后方挂着带画框的风景画；奇怪，门旁边有扶手带，指尖摸上去，刺绣丝绸套子很粗糙，里面的皮革光滑凉爽。更奇怪的是，这些座位比美国卧车上坚硬的座椅更舒服。

旅行归来，跟朋友交谈，会谈到这样的具体例子，但这都不是对英国火车车厢本质的艺术描写。

自然主义学派作家的描写有时也很好。托尔斯泰是典型的自然主义者，他常常有极为雄辩的描写。但是，说这

---

① 中译本也译为《多兹沃斯》或《孔雀夫人》。—译者注

些描写好，也是因为采用了浪漫主义的方法——仔细观察，细心挑选，抓住场景的本质。

分析辛克莱·刘易斯的《一封关于风格的信》

我怀疑，凡是训练有素的合格作家，过了学徒阶段，就不会用"风格"来衡量自己的作品。如果他这样做，就会变得非常不自在，完全没法写。以下情况是正常的，我自己也会这样想。作者会考虑"风格"的具体问题，他也许会说"这个句子感觉不对"，或者这个角色太普通，"这样说话太高调"，或者"这句子陈词滥调——就是我昨天读过的那篇蠢货评论里的"。但是，"风格"作为区别于内容、思考和故事的一个有属性的概念，不会出现在作者的脑子里。

他写起来，犹如得到上帝的允许。如果作者够优秀，他写作就像蒂尔登打网球，像邓普西打拳击，也就是说，他全身心地投入，绝不会像业余爱好者那样退后一步，看看自己是怎么做的。

什么风格与内容的对比，或优雅风格与粗俗风格的对比，简洁与烦琐的对比，所有这些问题都是形而上的讨论，都是徒劳的，就像关于肉体、灵魂和思维的讨论一样过时（我怀疑"过时"这个词就是"风格差"的标志）。这类形而上学的东西，真是太多了。我们看不见灵魂和思维之间有什么区别。我们认为，如果灵魂及心灵出了毛病，肉体也会出问题；如果肉体生病了，灵魂及思维也好不了。还有，我们已经对这种形而上学的说辞感到厌倦。大多数情况下，我们不会从整体的角度谈论肉体，而是说："我的肝不好，所以脾气大。"

所以"风格"这个陈腐的概念，也是这样的。

一个人表达自己感受的方式，就是风格。风格取决于两件事情：感受的能力；通过阅读或对话，对词汇的掌控和表达能力。通过阅读或对话，他对词汇的掌控足以表达他的感受。感受不是在学校里可以学到的才能；词汇是宝藏，得益于外在的教育，但更多的是来自无法解释的记忆力和品位。没有这两样东西，就没有风格。

相比起分析美德、健全的政府和爱情，分析"风格"方面的胡说八道可能就更多了。"风格"方面的指导，与教育其他方面的指导一样，如果对方一开始就本能地无感，那是无法教导的。

这是好的风格：

"明尼苏达州，索克中心的大街上，约翰·史密斯碰到詹姆斯·布朗，说：'早呀！天气不错！'"这风格就很完美。如果他说"嘿，您呢"，或者"我亲爱的邻居，在这瞬息万变的晨曦，彼之山坡的阳光初现，遇见你，我的灵魂顿感清新宜人"，这两种说法的风格都很糟糕。

好的风格：奥斯勒和麦克雷的《医学原理与实践》上面写着："除了细菌性痢疾、阿米巴痢疾，还有各种溃疡性结肠炎，有时非常严重，这在英国和美国并不少见。"

下面这个例子的风格也好，与之前的一样好，它们都很好地传达了要表达的思想。

"野蛮之地！神圣而着魔

就像残月之下，神魂颠倒的女人

为她的魔鬼爱人而哭泣"

如果像奥斯勒和麦克雷那样写，或者像杰克·史密斯遇到吉姆·布朗那样随意，我觉得是不可能的。但至少我会像他们一样，全神贯注于我必须说的内容，我要像他们那样，写作的时候绝不会停下来问自己："这个风格好不好？"①

---

① 《一封关于风格的信》，H. E. 莫尔和 M. H. 凯恩编辑，收入《来自大街的男人》(纽约：兰登书屋，1953)。

刘易斯说，合格的作者不会用风格来衡量自己的作品，他的意思是在作者写作的时候，不会去思考风格的事情。这个建议是合理的：你在表达某个想法的时候，绝对不能有意识地去追求风格。但是，刘易斯接下来暗示说，作者在脑子里就不能有风格这个概念——他不能去想风格，不能去判断自己的作品，不能有文学标准，这就说不通了。

刘易斯说，作家可能会"考虑'风格'的具体问题"，作者可以说"这个句子感觉不对"，或者"这样说话太高调"，或者"这句子陈词滥调"。刘易斯知道，这些具体的例子是与风格相关的，那么，他为什么要拒绝承认这些具体例子当中的抽象概念呢？他相当于在说："我只是凭感觉来写。句子感觉不对，或者句子陈词滥调的时候，我大概是有感觉的，但我绝对不会称之为'风格'。"为什么不呢？

这篇文章中，他反对抽象概念的前提是典型的自然主义学派。自然主义者关注的是具体的细节，从来不愿意从更广泛的角度来解释"为什么"。他认为，世上就没有更为广泛的"为什么"。刘易斯否认了关注广泛抽象概念的必要性，请注意此刻他挑衅的、几乎愤怒的语气。他显然是有自己的风格习惯，但却强硬地不肯进一步思考，或者说进一步确定。（他经常犯下写作随意的毛病，他对自己的作品并不完全满意，原因之一就是他反对抽象概念。）

刘易斯这样说，风格就成了矫揉造作的东西，成了太"文学化"的东西，他只是扔掉了一个老套的词，但事实上，他是扔掉了风格的整个抽象概念，扔掉了写作的所有抽象标准。这位《巴比特》的作者，这位讽刺平庸和粗俗的大讽刺家，在这篇文章中，说话就像巴比特。

他说，作家写作"犹如得到上帝的允许"。他不信教，所以这是幽默的表达，但其中的含义是什么呢？那就是我们不知道写作从何而来。他说，作者写作"就像蒂尔登打网球，像邓普西打拳击，也就是说，他全身心地投入，绝不会像业余爱好者那样退后一步，看看自己是怎么做的"。如果你批评自己的作品，如果这种批评不是在写作的过程中，而是在之后，这并不是业余爱好者的标志，这是专业人士的标志。蒂尔登和邓普西也必须勤加练习，才能在比赛中不假思索地运用技巧。这个比较是成立的：你必须提前完成所有的学习和练习。但是，在你全力以赴打比赛，全力以赴写故事的时候，你不可能想都不想，就拿出"得到上帝的允许"的样子。让邓普西成为职业拳击手的可不是上帝。

刘易斯说："一个人表达自己感受的方式，就是风格。风格取决于两件事情：感受的能力；通过阅读或对话，对词汇的掌控和表达能力。"注意了，他没有提到思考；对于他而言，感觉是主要的。"感受不是在学校里可以学到的才能；词汇是宝藏，得益于外在的教育，但更多的是来自无法解释的记忆力和品位。没有这两样东西，就没有风格。"在刘易斯看来，感受是不可解释的，品味也是不可解释的，记忆力也是不可解释的，连掌握词汇也是不可解释的。

刘易斯说："'风格'方面的指导，与教育其他方面的指导一样，如果对方一开始就本能地无感，那是无法教导的。"他再次假定，人无论学什么，能力都是天生的，是无法后天习得的。如果年轻人听了他的建议，就会在进入某一行的时候，认为只能赌一把，或胡乱猜测"我有天赋吗？我有记忆力吗？我有品位吗？"——而且他还会觉得这些都无法解释，无法后天习得。

所有刘易斯认为是无法解释、无法再分解的基元，事实上都是可以解释的，是后天可以习得的。感受的能力，是思考能力的一部分；思考是意志活动，是可以学习的。记忆中也隐藏着价值判断，这世上最难的事情就是去记住你觉得无关紧要的事情，强迫自己死记硬背。掌握词汇，需要坚信文字的重要性，这样你读写的时候，才会注意到其中微妙的不同。

刘易斯举例说明了什么是好的风格，他说这些例子很好，因为每句话都完整地表达了思想。正如我所说的那样，形式服从于功能，就是好风格。

然而，清楚明白并不是风格唯一的重要属性。无论何种风格，其核心是作者清楚地表达思想——以及他选择表达什么思想。刘易斯引用了柯勒律治的诗句，其中有思想、有情感、有隐含的意义，信息量就比医学资料的引用大，也比"约翰·史密斯碰到詹姆斯·布朗"的信息量大。对于教材、法律文书或者大纲，刘易斯引用的医学文献就是好的风格，换到虚构作品中，这样的风格就是悲剧，当然不是因为说清楚了，而是因为说得太少。同样的字数，小说作品作者传达的内容要多很多。

好的风格，是用最精简的文字传达出最多的信息。对于教材而言，理想的风格是尽可能清楚地讲清思维方式或知识。对于文学风格，还有更多必要的东西。了不起的文学风格在一个清楚明白的句子中表达了五六层不同的意义。（我说的并不是含糊，而是不同问题可以进行交流。）

《阿特拉斯耸耸肩》中，我的每个句子都覆盖了多个问题、多个层面。此处，我想要说一说艾伦·格林斯潘对我的溢美之词：他说，我与文字，就像是拉赫玛尼诺夫[①]与

---

① 谢尔盖·瓦西里耶维奇·拉赫玛尼诺夫（Sergei Vassilievitch Rachmaninoff，1873—1943），20 世纪古典音乐作曲家、钢琴家、指挥家。——译者注

音乐。拉赫玛尼诺夫的作曲很复杂，他的音乐中有很多元素，要捕捉到这些元素，必须花心思。一直以来，我就想这样写作。（此处，我并不是在比较才能的等级，只是指出原则。）

我从来不说废话，像什么："约翰·史密斯碰到詹姆斯·布朗。"这太轻巧了，就像用一根指头敲钢琴琴键。说的内容要多，说得要同样清楚——敲到琴弦上，成为管弦乐。这就是好的风格。

第十章　风格的具体问题

叙述 VS 戏剧

我用"叙述"这个词有几个意思。从形式的角度而言，除了对话以外的部分就是叙述；不是书中人物所说的话，作者说的，就是叙述（包括对话中间"他说"和"她用颤抖的声音说道"）。从结构的角度而言，没有戏剧化的部分，就是叙述。

所谓戏剧化，就是让读者觉得这一切都发生在他眼前，读者能站在观察者的角度来看这一场景。而叙述是：你告诉读者发生了什么，但你并不需要他目睹这件事。叙述是合理的方法，事实上，没有叙述，你没法写小说。如果全部用戏剧化的行动来呈现故事，那是剧本。

沉默的行动，比如说从燃烧的建筑物里逃离，没有对话，如果有细节的描述，也是戏剧化的描写。但是，小说里戏剧化的场景，主要还是有对话的那种。

对话一般只出现在戏剧化的场景中，但也有例外。你在叙述中概括地提到某个对话，也可以引用一句话来表明这一对话的本质，或强化某个要点。一个完整的对话有四五句话，构成了戏剧化的场景。但是，在叙述的段落里，仅仅引用一句话来强调，并不足以戏剧化整个段落。

什么时候用叙述，什么时候用戏剧化的手段呢？有多少故事，就有多少差异，但有一条规则：重要的事件要用戏剧化的方式来表达。

戏剧化起到了强调的作用。关键的事件应该戏剧化。而不太重要的转折，则可以叙述。

《阿特拉斯耸耸肩》里《账户透支》这一章的开头，我用蒙太奇的手法来表现国家经济逐步走向毁灭的过程。为了描写得生动，我在具体细节上用了半戏剧化的方法，但整体而言还是在叙述整个国家在冬天的情况。接着，到了"董事会决定关闭约翰·高尔特线路的会议"部分，这要戏剧化处理。故事中，之前的数个月，没有任何事件重要到需要用戏剧化聚焦。但是，约翰·高尔特线路的关闭是故事的重点，因此，我进行了戏剧化处理，再现了对话，作为读者的你们可以感觉身处会议现场。

许多 19 世纪的小说，比如《暴君焚城录》和《红字》中，有太多直截了当的叙述。（相较于这两部作品的文学价值，这一点是小瑕疵。）莉莲·吉许主演的默片《红字》有一点做得不错，它戏剧化地处理了（大多数都处理得很好）小说中只是讲出来的重要事件。

将戏剧和叙述结合起来，必须谨慎巧妙。

有时，作者详细地呈现了一个场景，逐字再现了对话，接着说："他们就这样一直争论到深夜，但没有得出任何结论。"这是从戏剧转向叙述，用叙述的形式总结一幕场景的结束。有时，作者一开始写的是详细的对话，接着转为叙述，然后再回到戏剧化的场景。这些方法都可以，但一定要注意平衡。换言之，一定要保证亮点进行戏剧化处理。

场景一开始是对话，接着更为关键的内容变成了叙述，这就不行。假设你再现了夫妻吵架开始的对话，然后说："他们争吵到深夜，最后女人宣布要离开男人。"这样写就很糟糕。我并不是说写这类场景有什么定规，如果这件事在故事的进程中只是附带的发展，那可以用叙述。但是，如果你要聚焦一个场景，如果你让读者来目睹这个场景，就要让他看到这一场景的高潮部分。

我还要提醒大家注意另一个误区。

以前，我读过一个新手作家的故事。故事里，父亲在欧洲待了很久，回到妻子和小儿子身边。叙述是这样的：
"父亲见多识广、周游世界的谈话让男孩大为惊叹。"对话
是这样的：

父亲说："英国人真是知道怎么做牛肉。"母亲说："是
啊，但另一方面，我听说法国餐馆很不错。"父亲回答道：
"嗯，我倒不觉得。法国人更多的是注重酱汁和摆盘，但说
到真正的牛排，我还是喜欢英式烹饪。"

很多故事都是这样，人物设定是诗人，作者在叙述上
花了很多笔墨，告诉读者这位诗人是个天才，然后给出了
诗人的作品——无法入眼的作品。

叙述的内容绝对不能与行动或对话展示的内容相对立。
你可以在叙述的部分做判断，你可以说这个人物勇敢，是
天才，善良或高贵，但一定要确保行动和对话能够支撑你
的判断。如果你说这个人见多识广，那就要展示出来，否
则就不要这样下判断。

一般而言，我并不建议大家这样下判断。你不应该指
望用叙述来刻画人物。要展示一个人是天才，你就得用他
的行动和语言来展示他是天才，要展示一个人勇敢，你就
得让他做出有勇气的行为。但也有需要在叙述部分总结陈
词的时候。如果是这样，一定要确保戏剧化的部分能支撑
你的判断。此处的原则就是不要去断言你不能证明的事情。

阐 述

　　阐述就是交流信息，让读者有所了解，以理解某一场景。故事开头的阐述，就是解释故事开头之前发生了什么。故事中间你也可以阐述，如果中间有时间差，读者就需要知道前一年发生了什么事情。

　　阐述的规则是：不要显眼。阐述就像衣服的缝合处：衣服做得好，缝合线不会大咧咧地摆在外面，而是会很有技巧地隐藏起来，然而让衣服成为整体的正是缝合线。

　　我说阐述不要明显，意思是说：不要为了做出解释，特地写某个行动或某段话。把你的阐述加入某段陈述中，你陈述的内容应该是这一场景必要的点。

　　比如说，不要让两个人物谈论他们彼此都知道的事情。某个生意人对自己的合伙人说"你知道的，我们的账单早就该付了"，这样写就不好。可以换一种方法，让他吩咐新来的秘书给银行写信，告诉秘书："要快，我们的账单已经逾期了。"

　　对话中，人物 A 告诉人物 B 某件事情，必须有告诉的理由，这一理由要与这一场景的行动有关系。这样的交流必须是场景相关目标的一部分，对这一目标的讨论应该包含所有必要的信息。

我自己的作品中，最好的例子是《阿特拉斯耸耸肩》中第一章詹姆斯·塔戈特和埃迪·威勒斯之间的那一幕，当时埃迪督促塔戈特管一管科罗拉多支线，塔戈特则是回避的态度。如果你读一读这一幕，就会惊讶地发现自己了解了很多信息。表面是他们在争论，实际上则反映了塔戈特洲际的整体情况。

反面的例子就是那种老派的戏剧，一开场，两个仆人在台上说话："主人不在家。""珍珠在保险柜里。""女主人在回廊里接待可疑的人。"之后不久，珍珠被盗。

有时，也可以特地用一段话来进行解释。举个例子，《阿特拉斯耸耸肩》这本书，里尔登家开派对，各位知识分子登场之后，我特地进行了阐述。

"伯特伦·斯卡德没精打采地靠在酒吧边。他又长又瘦的脸看起来仿佛凹陷了，没有往里陷的只有他的嘴和眼珠子，像突出来的三个肉球。他是《未来》杂志的编辑，写了一篇关于汉克·里尔登的文章，题目是《章鱼》。"

这段阐述是插入语的性质，没有阻断行动，也是可以的。

如果你要解释很多东西，你很发愁，想要一次性讲出来，你觉得如果不把一切都向读者说清楚，读者就没法理解你。不要这样想。一点点地说清楚，故事自然就展开了。

间隔几句话，再次透露一点儿消息，如此继续。每次提供一点儿信息就行。

什么时候提供信息，以什么样的节奏提供信息，并没有什么规定。你必须根据故事的整体结构来判断。埃迪·威勒斯和詹姆斯·塔戈特之间那一幕传达出来的信息，有些我在前文埋下了伏笔——埃迪担心科罗拉多支线，他站在塔戈特办公室外面，与下属讨论事情。既然我要在主要的场景中给出所有必要的信息，之前就没有必要特别强调阐述的内容。我埋下的伏笔已经够了，弦外之音是事情不妙，埃迪在发愁这件事。最好让读者看到冲突中的行动，如果之前透露出具体的蛛丝马迹，反倒弱化了剧情。

怎么样阐述才好，你可以尽情发挥创造力。你可以把不利因素变成有利因素：不要因为阐述而有负担，你可以在叙述或对话的恰当时候补充信息，让场景更加戏剧化。

但务必要客观。注意哪些信息是读者还没有得到的。在一定的时间范围内，你可以有意地让两个人物神秘地交谈，最后你再来澄清，这是可以的。但要注意，不要过长时间地保持神秘感，或者说不要扣留信息太久。读者很长时间都不明白你要干什么，不会觉得有趣，只会觉得厌烦。

倒 叙

倒叙就是描写过去发生的场景，是戏剧化的阐述。

《阿特拉斯耸耸肩》中达格妮和弗朗西斯科童年的故事就是例子。在这部小说中，他们之间的关系是以童年的事件为基础的，我想要读者在见到弗朗西斯科这个人物之前，就知道这一段。如果我用一段话总结他们的童年，那就是阐述。但我想细致地描写他们的童年，我真的就需要回到过去，这就是倒叙。

什么时候用倒叙？唯一的标准是：看你想传达的信息有多重要。如果是附带的信息，就用叙述的手法。如果这一信息对故事很重要，最好用详细的倒叙。

但是，不必要的倒叙对于故事是负担。每两个章节，你就来一个倒叙，读者就让你搞糊涂了。有些作者的倒叙中还有倒叙：一开始，是现在的中年人，接着倒叙到这个人的青年时代；在青年时代，再倒叙到他的童年，然后回到青年，再回到现在。这样也行得通，但我并不建议这样做。

相较于整个故事，倒叙的篇幅长度应该是多少，并没有定论。假设故事的事件持续时间是数年，书中的两个人进行了最后一次见面，故事告终。为了聚焦这次见面，首先，作者可能要写上几行，建立起这两个人要见面的事实；接着，进行长长的倒叙，给出过去发生的所有事情；然后再回到现在，回到这次见面；最后写上几句，描写结果。读者在阅读倒叙的过程中，等待故事再次回到现在，知道这两人要见面，期待这次见面的结果。一开始，作者就合理聚焦，所以最后的描写就会比依照时间顺序讲的故事更有力。

虽然没有明说，但读者看到倒叙结构，会认为作者采用这种形式是理性的决定，是有理由的，会感受到悬疑，更有兴趣。但是，有些作者这样开头，却不把描写引回现在，或者回到了现在却写些无足轻重的事情。

如果倒叙很长，时不时地提醒读者现在的存在，也是合理的，但必须有理由这样做，这样做能推动故事的发展。

倒叙唯一的规则是：不能让读者感到迷糊。什么时候从现在回到过去，什么时候又从过去回到现在，一定要标注清楚。最简单的方式就是"他想起过去……"或者"他想起了童年的时光"，这样的表达直截了当，并不是陈词滥调。但是，也有更多更有趣的写法。

我写倒叙最好的过渡例子之一是讲述达格妮和弗朗西斯科的童年。达格妮走路送弗朗西斯科回酒店，但她想的是自己应该奔跑才对。

　　真是奇怪，为什么她感觉自己想要奔跑，为什么她应该奔跑呢。不，不是沿着这条街奔跑，她想要在烈日之下，沿着绿色的山边，跑向哈得孙河边上的那条马路，而那条马路就在塔戈特庄园的脚下。埃迪一声大叫："是弗朗西斯科！"她就朝那边跑去，他们一起飞奔跑下山坡，朝着马路上的车跑去。

虽然读者也看得出来，但这种过渡很自然。

现在来看一看《阿特拉斯耸耸肩》中詹姆斯·塔戈特把水洒到了桌子上时，切瑞尔开始回想去年的事情的场景。

　　"哦，看在上帝的分上！"他尖声说道，一拳砸在了桌子上，"这些年你到哪儿去了？你觉得自己活在什么样的世界里？"他这一拳砸下去，水杯倒了，水打湿了桌布，流到桌布的花边上，留下暗色的印子。

水杯打翻了，我并不是想借此让切瑞尔回到过去，而是打算之后再用它，让切瑞尔回到现在。

　　"你想让我怎样？"她说道，眼前是自己婚姻的漫长折磨，而这段婚姻实际上还不到一年的时间。

"你想让我怎样？"她大声说道，那时的她坐在餐厅的桌边，看着吉姆，看着他发红的脸，还有桌子上半干的水渍。

我在这一幕的开始留下水渍的伏笔，作为这一餐厅、这一时间的见证，之后再用这处伏笔。读者意识到这一点，他们明白，切瑞尔开始思索自己的过去，然后思绪回到了现在，她在与詹姆斯一道用餐。如果我没有用水渍或类似的手段，那切瑞尔的思绪回到现在的状态就没有这么清楚，也许读者会觉得我是在描述去年的某个其他场景。

如果素材能够支撑，过渡的部分可以狡黠一点儿，没问题的，但不要为了过渡而特地耍花招。比如，上文提到的水打翻了，这是合情合理的，因为它还有另一个目的：展示詹姆斯的坏脾气和暴力。如果我写的是一对彬彬有礼、幸福平静的夫妇，为了用打翻的水作为标志，让男人偶然地打翻水杯，那就太刻意。

过　渡

如何让行动从一个点进展到下一个点，比如让一个人走出房间，走到街道上，或者让他穿过房间去拿另一边的东西——这是难题，但人们往往只有遇到时才觉得难。在舞台上，因为导演的安排计划，这些小动作并不显眼。到了小说里，这就是作者的职责。

写一幕戏，你必须保证场景的真实。比如，如果你说女主人公站在房间左侧的壁炉边，有一份文件在房间右侧的桌子上，现在她必须穿过房间，抓住文件。如果你不提她走过房间，读者就会注意到其中不连贯。但是，提及穿过房间，又打断了行文的流畅。

不想因为技术上的提醒而打断一幕戏的流畅度，那就要跳出常规的思维来思考。写出舞台指示一样的句子，比如"她穿过房间走到桌旁"，任务就完成得生硬干瘪。换一种说法，可以说"她冲过房间，一把抓住了文件"，或者说"她冲过房间，脚步急促，裙子沙沙作响，一把抓住了文件"。如此一来，这句话的目的看起来就是在描写动作，与这一幕强烈的情绪联系在一起（或者其他的氛围）。但是，你也达到了目的，让女主人公从房间的一边走到了另一边。

换言之，你需要的是"舞台提示"，但需要与这一幕的其他元素联系起来，而不是生硬的提醒。就像阐述一样，你在过渡的时候，关注点要与这一幕相关。

假设房子里的一幕写完了，得让女主人公走到外面去。

你需要过渡，但不想描写女主人公走下楼梯。那下一段就可以这样开头："她从房子里出来，看到街道冷落孤寂。"

以下是《阿特拉斯耸耸肩》第一章的例子。达格妮在火车上睡着了，醒来后问一个乘客："停站多久了？"下面我写道：

那个人睡意未消，吃惊地望着她，只见她跳起来，冲到了门口。

外面刮着冷风，空荡荡的天空下是空荡荡的土地。她听见黑暗中野草沙沙地摆动。远远的地方，有几个身影站在火车头边，在这些人的头顶上，在空中，高高地悬挂着一盏红色的信号灯。

她已经下了火车。我没有去写她打开门、冲下来的细节问题，我转换了视角。

不要说"六个月之后如何如何"。换一种方法，让你笔下的人物在沙滩边游泳，到了下一个场景，让他们说："雪下得好大。"

还有其他的方法，但原则不变：不要让缝合线露出来。你要联系这一幕的其他方面，盖住缝合线。但是，过渡也不要太过委婉，如果尴尬造作，缝合线会更显眼。

比　喻

　　比喻或比较是认识论的目的。如果我要描写积雪，我用"雪像糖一样白"，关注的是雪的视觉感受，就比"雪是白的"更为生动。如果描述糖，我也可以反过来用："碗里的糖白得像雪一样。"这样写让人印象更深刻，就比仅仅说"糖是白的"要好。

　　此处用的是抽象原则。如果你只是具体描述一件东西，就很难传达出感官上的印象：你只是在讲述，而没有充分地展示。引入另一件具有同样特征的具体东西，让两者进行比较，就有了清晰的感官形象——突出这一特征，让读者形成抽象的概念。读者立刻从视觉上将糖和雪联系在一起，在脑海里立刻看到了这一意象。

　　选择比较的时候，不仅要考虑想要突出的特征，还要考虑这一比较在读者心中激起的隐含意义。比如下面这个陈词滥调的用法：她的双唇就像熟透的樱桃。第一次用，并不糟糕。樱桃隐含了红润、肉感、有光泽、有魅力的意思。但假设我说"她的双唇像熟透的番茄"，番茄也是红的，也有光泽，但这样一比较，就荒唐了，因为其中的隐含意义不对。说到熟透的番茄，你就会想到软烂、厨房和倒胃口的沙拉。与蔬菜的概念相关，不浪漫。

　　如果你想让读者感觉喜欢，比较就一定要绚丽迷人。

如果你想让读者反感，那就反着来。

反着来的例子，我们看一看《源头》中我对埃尔斯沃思·图希的描述："他的耳朵光秃秃、孤零零的，愤然朝着外面，就像肉汤杯的把手。"如果我说"他的耳朵像翅膀一样立起来"，就不好，因为我想让读者反感这样的形象，如果把耳朵比作翅膀，好像显得威风凛凛。贬低的描写中隐含了抬高的含义，和把美丽女子的双唇比作熟透番茄都不对。

表现隐含意义是客观倾向性写作的最佳方式。我用了"客观"这个词，是指读者自己得出结论，而不是作者去招呼读者注意某个人长得丑或不体面。要做到客观，你必须去展示。你可以通过表现隐含意义来达到这个目的。

简单的形容词也有明确的隐含意义或词义的色彩差别。"这人高挑修长"，是说这个人有魅力，而"这人个子高，单薄而笨拙"，则表示他没魅力。通过比较来描写，选择的范围要大得多，但原则不变。同样的特质，你可以通过不同的比喻来描写，可以展现魅力，也可以展现没有魅力。

另一个小问题需要注意：一个段落里比喻不要过多。比喻太多，行文并不会更加生动。比喻看得太多，读者的感受就会变得迟钝。读者迷失在不同种类的具体例子中，头脑里不会留下印象，就像在很短的时间内展示了太多的图片。

　　首先，不要用两个比喻来形容同一件东西。有时，你想描写某件东西，同时想到了两个挺不错的意象。你要狠狠心，选择你认为更好的那一个。重复的比喻过犹不及，它投射出了作者的疑虑，投射出了作者对第一个比喻的不确定。

描　写

　　我的人物第一次亮相，我就会对他们进行描写。我想让读者有身临其境的感觉，就尽可能地写出人物的模样。

　　有时，我会故意不这样做。《阿特拉斯耸耸肩》中，韦斯利·毛奇入场的时候，我并没有描写他，只是淡淡地说了几句就完事。他再次出场时，身份是新的独裁者，我要的效果就是：读者即使还记得这个人物，也觉得他完全是无足轻重的。

　　但是，对于男女主人公，他们一出场，我就要描写。

　　描写的篇幅应该有多长呢？我根据前文的铺垫而定——看读者依照上下文对这一人物重要性的预判。

　　《阿特拉斯耸耸肩》中，我是这样来准备詹姆斯·塔戈特的描写的。埃迪·威勒斯脑子里挥之不去的是童年的那棵橡树，发现这棵橡树只剩下空壳后，他惊讶不已。他来到塔戈特大楼，我描写了他对这幢大楼的感受，就像当年他对橡树的感受一样。然后，他走进大楼的核心区域，走进总裁的办公室。

詹姆斯·塔戈特坐在办公桌后面。他看起来像快要50岁的人，仿佛直接跨入了中年，没有经历过青年的过渡期。他的嘴不大，一贯使性子的样子。稀薄的头发紧紧地贴在秃顶的脑门上。他的姿态看起来软弱懒散，漫不经心，仿佛是在对抗他高挑修长的体形，他优雅的体形本该有自信贵族的派头，却有粗人的笨拙。他脸上的皮肤苍白柔软。淡色的眼珠，一直都在慢慢移动，从来没有真正停下来的时候，他的目光在一件件东西上扫来扫去，看到这些东西的存在，透露出永恒的怨念。他看上去冥顽不化，无精打采。他只有39岁。

我已经让读者察觉到埃迪·威勒斯往往会依赖早已不存在的力量，在他眼里，塔戈特大楼就像粗壮的橡树。接着，我就让读者看看这棵橡树核心部分的灰尘。

因为之前的造势，读者在阅读这段描写的时候，并不会不耐烦。而且，埃迪去见大铁路公司的总裁，看到了一个神经质的小人物，这其中有深意。如果总裁是常见的类型，读者就不会停下来读大段的描写。但是，一个显然恶毒的人掌控着某个机构，读者有了这样的预期，作者就可以大段描写。

我所有的小说中，《阿特拉斯耸耸肩》第三部开头对约翰·高尔特的人物描写是最长的。读者在前两部书中一直听到这个人的名字，然后又看到女主人公追赶约翰，遇到空难，当然愿意读一读这个人长什么样子（前提是：描写要有价值）。

不重要的人物，我一般用一句话给出这一类人的特点，比如"佩戴大钻石耳环的女人"或者"戴着绿色围巾的胖男人"。简短地提一提这个人值得关注的特点，我就表明了这个人物的不重要。不重要的人物，不能费笔墨。

最近我重读了《艾凡赫》这本书，上一次读是我在12岁的时候。这本书的故事很好，我在此处提及这本书，是因为我读的版本头十三页全是对四位人物的描写，而这四位当中，只有一位是主要人物。这部分甚至还没有描写他们的相貌或个性，只是描写衣服，他们马匹的鞍具，以及他们随从的武器。没有展开任何行动，读者也毫无理由对这些人物产生兴趣，一开头就是十三页这样的描写，结构很不平衡。

人物也好，地点也好，除非之前做了铺垫，读者因此产生了兴趣，否则就不要费笔墨描写。

对　话

即便你认为自己根据人物的阶级、教育和个性选择了相应的对话，你本人的风格依然发挥了极大的作用。

辛克莱·刘易斯认为小镇上的人会说"早呀！天气不错！"——这是刘易斯风格的邻居对话，这种风格不怎么样。如果我来描写小镇上的人，我会让他说"早上好"（在符合人物和关系的情况下，甚至会让他说"嗨，早啊"）。

你不能让目不识丁的流氓张嘴就是抽象的学术专名。但你选择代表他性格本质的粗俗语言，还是选择他所处时代的狭隘地方口语，取决于你本人的风格。（你可以比较一下浪漫主义学派和自然主义学派小说中流氓的对话，就会发现其中的不同。）

即便是对话，你本人的风格也控制了你的选择。"我觉得这样的人物会这么说，我就再现这一点好了。"这种想法是空头支票，你只能按照自己的文学前提来再现人物说话的方式。要做浪漫主义学派的作者，就不要让人物有自然主义学派的对话。受到批评时，也不要说"哦，但我在百货大楼听到她们就是那样说话的"，你必须根据自己的风格来再现百货大楼女人们说话的方式。

我并不是说，你笔下的人物说话都应该是一个调调，或者都得按照你的方式来说话。人物不同，说话的方式必然不同，必须有他们自己的味道。但是，整体的风格和对话的选择必须由你本人来定。

俚　语

如果你以第一人称写作，而且讲述者采用的是口语风格，那么用俚语就能增加行文的色彩（最出色的代表是米基·斯皮兰）。但是，直接叙述不要使用俚语。

有些俚语是（或者正在成为）语言的一部分，这种情况你可以自行判断。最终被大众接受的俚语是那些无法同等替换的词语。有些俚语创造出来就是为了填补语言的空缺。如果正规的英语不能表达你想要的词义，而你想用的俚语已经流通了一段时间，广为人知，就可以用。

有些俚语每年都在换，它们的存在并不是为了交流。有些俚语只是地方情结——某个大学或中西部的表达，并没有存在的必要，有人用，只是因为情结。这样的俚语注定短命，一年后，就没人知道它是什么意思。不要用这样的俚语，除非你是在写当下的新闻故事，反正那也是一年不到就没人再看的东西。

对话中是否使用俚语？这取决于说话的人物。但在叙述的时候不要用，因为有正规的完全对应的词。（即便是塑造人物，也不能使用当下的俚语。俚语通常太短命，太造作。）

同样的道理，涉及咒骂和侮辱性的语言，你也要判断，看是不是笔下的人物会说的那种话。

顺便说一句，在英语中，单个的词，除了"杂种"（bastard），没有其他的词来指一钱不值的人。Scoundrel，blackguard 和 rotter[1] 这三个词，很大程度上是英式英语，人们不用，这几个词太陈旧，过于文学化。我认为"杂种"这个词成为正式的英语是有原因的（追根溯源，这是下流的语言，涉及非婚生子，但现在意思已经变了）。语言总是要有一个词来表达对人的否定价值判断。

我可以在俄语中想到十来个词，等级与英语的"杂种"差不多，全部是对人品行的鄙夷，其中甚至还有更礼貌的表达，也就是可以在会客厅使用的语言。这是两种语言在形而上和道德两方面对立的重要表现。

---

[1] 意思是：恶棍、流氓、无赖。——译者注

其他语言中表达人性之恶的词汇要远远多于英语。这一点，我很赞赏美国。

污言秽语

不要使用污言秽语，别把那些"写实主义"的论调放在心上。

污言秽语透露的是谴责或鄙夷对方的价值判断，通常与身体的某些部位和性相关。这些脏话都有不脏的同义词，它们之所以是脏话，并不是因为内容，而是因为意图——作者想传达出不得体的或者邪恶的感觉。

污言秽语的基础是反肉体的形而上思想和道德观。请注意，越是宗教化的国家，脏话的花样越多，程度越猛。据说，西班牙语的脏话排第一位。污言秽语并不是用来表达你自己价值判断的客观语言。这是一套预制的语言，充斥着对性和这个世界的谴责，表示某些东西是低级的、该死的。不要用。

如果你写的是贫民窟的居民或军队里的人，棘手的文学问题就来了。现代作者的专长之一是让人觉得军人总是在说脏话。这一点，我并不相信，但我听过这类型的人在压力之下使用污言秽语。如果你必须营造这样的氛围，几个"见鬼"或"妈的"就撑不起。但也没有必要为了"现实主义"的考虑而使用这些语言。

你可以通过上下文来暗示所说的内容是污言秽语。不要真正使用这些词，也不要去描写可怕的手术或触目惊心的身体疾病。如果要描写恐怖的东西，你可以暗示，但不要非常详细地描写发炎的伤口的颜色或死尸上的蛆虫。

如果你想描写惨不忍睹的东西，问一问自己，你的目的是什么。如果是想暗示恐怖，大致说上一两句也有同样的效果。"有人差点被一具半腐烂的尸体绊倒"，这就足够了，详细地描述尸体恐怖的细节，是为了恐惧而恐惧。这样做了有什么效果呢？无论你在这本书中还写了什么其他的内容，读者只要想到这本书，就会有那种恐惧的感觉。

外语词

不要在叙述部分使用外语卖弄自己博学。假模假样的人喜欢在对话中嵌满外语，如果作者在叙述时这样用，文字看起来就假模假样的。

对话也是同样的道理。如果你在刻画一个假模假样的人物，可以时不时地让他用一用外语。我在《源头》中，就是这样刻画盖伊·弗朗肯的。即便你的故事发生在国外，人物对话中也尽量不要插入外语，很多蹩脚的影视剧本作者就是这样写的。比如，故事发生在德国，角色说的是英语，突然，他们的英语对话中冒出了 liebchen① 这样的德语单词。作者仿佛在显摆自己知道几个德语单词，或者是刚从字典里查了几个德语。

有些外国人，英语不太好，说话会不一样。你可以表达这一点，但你不要千篇一律地刻画人物，要别出心裁，呈现出这个人物特有的句子结构，而不只是表现他发音不准。

新闻资料

我说"新闻资料"，是指在世作者、政界人物、流行歌曲等等，所有与某个特定时期具体相关的专有名词。规则是：这一类名词，少于一百年的，不要用。长时间存在的东西已经被人熟知了，而当下的名声太短暂，不要放入处理本质问题的故事中。

你的作品中出现肖邦可以，但不要出现当代的作曲家、艺术家或作家。即便你坚信某个当代作家会名垂千古，他

---

① 德语，[旧] 意为"亲爱的""小宝贝"。——译者注

出现在你的故事中，也会表现出过于当下的感觉。避免使用现实中的餐厅（现代自然主义学派喜欢这样用）。你的某个重要场景安排在某个餐厅里，结果这个餐厅上个星期关门了，这种感觉不好。

在故事中提及政治事件特别糟糕。这世界上最陈旧的东西，就是昨天的新闻报纸。今天是大新闻，两年后，几乎没人记得住。（如果出于某种原因，你真的使用了当下的内容，请解释这东西是什么，而不要依靠当下的新闻语境。解释一下，你使用的资料就会有一种遥远而抽象的感觉。）

所有的作者——我也不例外，都有犯错使用新闻资料的时候。在《源头》中，我不应该描写魔鬼像"蹲在角落里的蠢货，抱着可乐瓶子，小口喝着"，我也后悔写图希晨衣上科蒂的粉扑商标：

> 埃尔斯沃思·图希穿着晨衣，伸胳膊伸腿躺在沙发上……晨衣是丝绸的，上面有科蒂粉扑的商标，白色的粉扑，橘色的背景，看上去大胆艳丽，绝对的傻气中透出极度的雅致。

当时有这样的东西卖，换作今天，我会编一个香水公司的名字，也不会用粉扑，会用点别的东西。

我在《源头》的初稿中提到了法西斯，甚至还提到了希特勒和斯大林。这本书出版之前，我把书中发表抽象观点的部分给（小说家和政治作家）伊莎贝尔·帕特森看了，她对我说："不要使用这些狭隘的政治词汇，你这本书的主题比当下的政治更宽。即便这本书针对的是法西斯，你真正写的是集体主义——过去的集体主义，现在的集体主义，或将来的集体主义。不要把你的题材局限在当下的某些人物身上。"

我思考了两天，才真正明白过来，当时我太习惯于另一种写作方法，真是要花很大的努力才能删除新闻资料的内容。但这是我收到的最有价值的写作建议之一。想想吧，如果没有改，《源头》中就还有希特勒和斯大林的部分，读起来就不一样了。

写作的过程中，指导你的是：主题和写作的抽象层面。在《我们活着的人》中，我用了很多新闻资料：具体的日期、列宁和托洛茨基①的分裂等。但是，这本小说就是在具体处理某个时间段的政治，所以用了这么多的新闻资料。你写的是历史，当然要提到这一时间段的具体例子。

《阿特拉斯耸耸肩》这本书，在柏拉图和亚里士多德之

---

① 苏联早期领导人，后被开除党籍。——译者注

前的人，我几乎就没有提及。《源头》中自然要提及更近代的资料，因为这本书的内容是在一个具体的历史阶段为现代建筑而战的故事。但是，《阿特拉斯耸耸肩》这本书不是关于某个时间段的，必须保持最抽象的状态。

第十一章　文学的特殊形式

幽　默

　　幽默是形而上的否定。好笑的东西就是与现实矛盾的：不协调的，怪诞的。

　　讲一个最原始的幽默的例子：尊贵的绅士，头戴礼帽，身穿燕尾服，走在街上时踩到一块香蕉皮，姿势滑稽地摔倒在地。为什么会好笑呢？因为不协调：尊贵的绅士被小小的香蕉皮滑倒，他的形象与现实矛盾或不符。这就是大家为什么笑。

　　我们再来看一个老掉牙的喜剧情境：男人回到家中，他的妻子正在会见情人。妻子把情人藏到衣橱里，想尽办法不让丈夫开衣橱。丈夫想要挂外套，妻子不让他挂，诸如此类的事。这为什么好笑呢？因为观众和这位女子知道真相。你知道了真相，这位丈夫却没有。这就是幽默的本质。

注意了，人类是唯一会笑的生物。其他动物是不会笑的。只有人类有自主判断的意识，能在他认为严肃和不严肃的东西之间做出选择。只有人类才有能力鉴别什么是现实，什么是与现实相矛盾的东西。动物没有矛盾的概念（甚至没有现实的概念），动物无法理解什么与现实不符。如果有人沉溺于与现实矛盾的事物不能自拔，其他人就会觉得他滑稽荒唐。为什么呢？因为人是可以选择的。与现实存在矛盾有时是悲剧性的，小一点儿的矛盾则会让人觉得好笑。

你觉得什么好笑，取决你想否定什么。嘲笑邪恶（其文学形式是讽刺），或嘲笑无关紧要的事情，这是得体的。嘲笑美好，则是恶毒。某个高高在上的事物突然显露出弱点，比如尊贵的绅士踩到香蕉皮滑倒了，你笑起来，你是在嘲笑该事的合理性。而如果是盛气凌人的反派人物走在大街上，这个人并非尊贵，而是装腔作势和自以为是。他摔倒了，你尽可以大笑，因为此时被否定的是装腔作势。

请注意，有些幽默是善良的，有些是恶意的。善良的、有魅力的幽默绝不会以正面价值为嘲笑的目标，而会以不可取的或无关紧要的东西为目标。这种幽默的结果是肯定价值，如果你嘲笑矛盾或装腔作势，事实上是在肯定现实或价值。但恶意的幽默总是以某种价值为嘲笑的目标。比如，有人嘲笑对你而言重要的东西，就是在削弱你的价值。

《阿特拉斯耸耸肩》中有一句话很好地诠释了这两种幽默的区别。在这一幕中，弗朗西斯科和吉姆都笑了，达格妮觉得他们的笑是截然不同的："弗朗西斯科似乎是在嘲笑，因为他看到了更伟大的东西。吉姆笑，因为他不认为存在什么伟大的东西。"

在这种语境下，你就会明白为什么《源头》中埃尔斯沃思·图希最恶毒的台词是他建议："我们必须有嘲笑一切的能力，特别是嘲笑我们自己。"事实就是，这样的说法出现得太频繁，这是我们这个时代最糟糕的特征。社会上过于频繁地出现这类话，就是所有价值崩溃的表现。

现代杂志上支持或赞同某位名人的文章，美化的同时也往往暗含讥讽。曾几何时，只有在对待不赞同的人，或想要批判的人，媒体才会这样嘲弄地写文章。现在，即便是对待他们想要歌颂的人，这也成了认可的风格。不允许任何东西有价值，这是毁灭性的做法。

有人不把某件东西当回事，意思是："别在意，这不重要，这样那样都没关系。"只有你不看重的东西，才能这样说。如果你什么都不看重，你就没有价值观。如果你没有价值观，那么所有其他价值观的基础——第一价值观，你的生命，对你而言也是没有价值的。

关于这两种幽默，我举几个例子。

《请别吃掉雏菊花》①的作者吉恩·克尔是善意的幽默作家。表面上，她是在抱怨母亲的艰辛和对付孩子们的艰难。比如，她的孩子们吃雏菊，这是孩子们在做恶作剧。但事实上，她说的是这个吗？不是的，事实上，她真正想表达的是孩子们喜欢冒险，富有想象力——他们精神头足，兴高采烈，而她难以控制。书中，她描写自己的一个儿子抠字眼，交谈起来困难重重。读到这一部分，我爱上了这个男孩。她告诉儿子把身上的衣服都扔进洗衣机，母子间的对话差不多是下面这样。儿子说："我所有的衣物？"她说："是的。""我的鞋子，也扔进去？""不，你的鞋子不扔。""好吧，但我把皮带也扔进去。"这一对话展示出一个非常聪明理性的孩子。吉恩·克尔真正嘲笑的是那种认为孩子很难搞的妈妈。她否定的是这种情况，她赞扬的是自己孩子们的优秀素质。

欧·亨利是个充满善意的幽默作家，奥斯卡·王尔德在很多的剧本中，也是充满善意的幽默作家，在《不可儿

---

① 中译本也译为《乔迁之喜》。——译者注

戏》① 中尤其如此。《西哈诺》② 有很多喜剧场面，以摧毁装腔作势或怯懦胆小为目标。《西哈诺》嘲笑的是无赖恶棍，不是价值或英雄。

恩斯特·刘别谦是唯一因浪漫主义喜剧而出名的电影导演。他导演的由葛丽泰·嘉宝主演的影片《俄宫艳使》，是一个很好的例子。这是喜剧片，但也是浪漫片。电影嘲讽的是生活中肮脏、不如意的方面，通过幽默的方法，呈现出来的是迷人、浪漫和积极的方面。

善意的幽默，总是涉及某种美好的东西。就像《俄宫艳使》这部影片，男女主人公都非常迷人。他们本人不好笑，好笑的是他们的那些冒险经历，好笑的是他们幽默地应对某些事，但他们的应对方式并没有削减他们的尊严和价值。

但斯威夫特这位幽默作家的类型就有些可疑了。我以前读过《格列佛游记》。时间太久远了，记不清了，但我真切地记得这是一部讽刺作品，他讽刺一切社会弱点，但是他赞成什么呢？

桃乐茜·帕克尔以一种更为现代的方式，发出了令人不舒服的苦笑。她被视作敏感的作家，能用幽默的手法

---

① 中译本也译为《认真的重要性》。——译者注
② 法国剧作家罗斯丹创作的五幕戏剧，是其代表作。——译者注

处理最让人心碎的题材，比如孤独的老处女或丑陋讨厌的女人。

除了幽默，她的故事里没有别的东西了，这是极其可疑的。虽然有人在技巧上非常善于此道，但这样的幽默在哲学上是无意义的，是没有任何来头的破坏行为。

总之，幽默是一种破坏性的元素。文学作品中的幽默，如果目标是邪恶或无关紧要的内容，如果作品中也包含了某些积极的内容，则是善意的，作品完全没问题。如果作者嘲讽的是积极的有价值的东西，该作品或许有文学技巧，但从哲学的角度应该被批判。为了讽刺而讽刺的作品，也应该被批判。一部作品，即便是讽刺不好的、应该被摧毁的东西，但没有正面积极的内容，只是对负面消极的讽刺，在哲学上也不妥。

幻想作品

有几种不同的文学形式可以被归为幻想作品的范畴。

首先，背景设定在未来的故事，比如《阿特拉斯耸耸肩》《颂歌》，奥威尔的《一九八四》等。从严格意义上说，这一类虚构作品不是幻想作品，只是描写了未来的事情。它们存在的理由是为了展示现在某些趋势的最终结果，或对已有现实的延伸。背景设定在未来，唯一的规则是：应该有目的（这一规则具有普遍意义，适用于所有的文学形式）。为了把某件事情设定在未来而设定在未来，是非理性的做法。

接下来，还有科幻作品。它们展示的是未来的发明。魔法故事，讲的是超自然能力。还有鬼故事和恐怖故事，以及关于死后的故事——讲的是天堂和地狱。

如果它们有适用于现实的某种抽象目的，这些故事类型都是理性的。

儒勒·凡尔纳的科幻作品大多延伸展示了他所在时代的发现，比如，东西还没有真正发明出来，他就写出了飞船和潜水艇的故事。这只是对已有事实的文学性夸张。既然已经有了发明，作者就可以展示出新的更好的发明。

同样的原则也适用于童话故事。从形而上的角度而言，《飞毯》和《灰姑娘》是不可能发生的故事，但用来表达人类的某些观点，故事就有了存在的理由。作者写得很夸张，但故事的意义适用于人类的生活。

幻想作品的最好例子是《化身博士》。这个故事的文学题材是一个人的身体发生了转变，成了恶人，在现实中这是不可能的，但这只是用象征的手法，去表达某种心理学上的真实。这个故事研究的是矛盾的个体。吉基尔博士喝下特殊的药剂，沉浸于变为恶人的快乐中。一开始，他还能控制这一过程，后来就到了无法控制的阶段，无论他想还是不想，他都会变成恶人。

《化身博士》是一部杰出的心理学研究的作品，但用幻想作品的形式展现了出来。这个故事讨论的问题非常重要，从理性的角度把它放在人类的生活上，也是适用的。

另一个类似的例子是《弗兰肯斯坦》，讲的是人创造出了一个怪物，而这个怪物摆脱了人的控制。故事的意义是成立的：人必须承担自己的行为所带来的结果，应该留心不要创造出摧毁自己的怪物。这个故事表达了很深刻的含义，这就是为什么弗兰肯斯坦几乎成了人造怪物的代名词（就像《巴比特》中的巴比特一样）。

有些故事讲述的是天堂或地狱，也很有趣，比如，戏剧《驶向何方》。戏剧里的角色是一艘船上的乘客，他们发现自己事实上已经死了，如今要走向最后的审判。最初，他们只是一群肤浅之人，作者描写了在他们知道自己很快就要见到审判者时，那种强烈而本质的解脱。这个剧本并不深刻，但它描述的是人的本性。这一幻想作品也适用于人类的现实生活。

电影《太虚道人》①是一部很有趣的心理学作品，讲的是一个去世的职业拳击手魂归人间的故事。因为天堂的记录本出了错，拳击手才送了命，所以他被打发回人间，附身到一个刚刚去世的百万富翁身上。他重新以百万富翁的身份活在人世，体验了不同的人生。故事从理性的角度涉及人的问题，非常有趣。

什么样的幻想故事不合理呢？无论从理智的角度还是道德的角度，这一故事都无法应用到生活中，这样的故事就不合理。比如，蚂蚁外星人进攻地球的电影。"如果突然蚂蚁征服了地球，不恐怖吗？"嗯，它们征服地球了，然后呢？如果这些蚂蚁至少代表了某种邪恶的力量，就像寓言故事里的动物——代表了独裁者或其他恶人，故事也能成立。为了幻想而幻想的作品，既不成立，也无趣。

在赫伯特·乔治·威尔斯的作品《世界大战》中，人类不能打败火星侵略者，但普通的感冒病毒可以。威尔斯的其他作品也是如此，看起来很有深意，其实没有。火星人被感冒病毒杀死了，这样的讽刺太糟糕，只适用于抖机灵的短篇故事。这样的故事只不过是说有些事大自然能办到而人类办不到，那没有必要写一本小说来展示这一点。

---

① 中译本也译为《佐丹先生出马》。——译者注

威尔斯到了故事最后强行补救，也是在掩盖为了幻想而幻想的事实。

我就没见过有正当存在理由的鬼故事或恐怖故事。

在《圣女之歌》中，作者以一种讲述事实的态度，呈现了劳德斯女孩伯纳黛特的故事〔其中还有她的神圣宗教观〕。除了那些选择相信的人，没人觉得这个故事站得住脚。但是，这并不是幻想故事，而是宗教小册子。

通俗杂志的惊悚故事，情节往往很精彩，却没有适用于现实的价值观。伦纳德·培可夫给过我一本这一类型的口袋书。之前，我问他有没有情节很好的故事推荐，那种没情节的故事让我厌烦到悲哀。他就给了我这本《七个脚印到撒旦》。故事讲了一个人成了大反派的阶下囚，这个大反派假装自己是撒旦，作恶多端只为了从博物馆里盗取珍宝，还以与人下象棋为乐。作者知道该如何保持悬念和神秘感，知道该什么时候出其不意，从这方面来说，故事很精彩，但整个故事没有意义。好的侦探故事或西部故事有非常原始的正邪冲突，而这故事一点儿意义都没有。

侦探故事讲的是犯罪和谋杀，自然可以应用于现实生活。其原始的道德模式有：善良与邪恶相斗，总是善良获得胜利。但是，我前面提到的一些科幻作品或幻想惊悚作品传达的信息是：即便主人公能够幸免于难，获胜的也不一定是合理的东西。这些故事的价值观没有意义，并不适用于这个世界。

你们很有可能听说过一种叫作"逃避文学"的浪漫主义写作学派。通俗杂志的惊悚故事就是这一类。它们不仅逃避人生的单调沉闷，还逃避价值和思考。唯一能让故事精彩，让读者着迷的是看到某样有价值的东西岌岌可危。这种惊悚故事突出的是异想天开、不可思议的反派，让读者放下所有思考的逃避。读者看得到抗争，却从中得不到任何适用于自身的抽象概念。

这种文学学派告诉读者："是的，你可以有刺激的冒险，但这些都与你在这世界的生活无关。"真是奇怪，这种廉价的通俗文学表达了宗教的形而上学和道德观：价值存在于别处，在火星上，或另外的维度和空间，就是不在这个世界上。

无论是幻想作品，还是一般的冒险故事，如果处理的问题没有与现实对应，也就是说，无论从抽象还是象征的角度，这些问题都无法适用于读者的生活，那就是逃避文学。这种学派中还有一些没有多少分量的古装题材。好些古装题材的文艺作品所呈现的问题适用于现代生活（但也只是泛泛而谈），但那些更为廉价的却什么内容都没有，只有决斗，只有在枝形吊灯上晃来晃去，除了最后主人公抱得美人归或得到了地下的金子，再也没有别的道德意义。

象征主义

　　象征主义是某一理念的具体化表现，某一物体或人代表某一理念。

　　道德剧是一种象征主义的写作形式。童话里有好精灵，也有坏精灵。道德剧里会出现拟人化的道德抽象概念，比如正义、美德。（与浪漫主义学派的小说不一样）这是一种原始的戏剧形式，如果象征意义表达得清楚，也是可取的。

　　《化身博士》也算得上象征主义的作品，不同的身体代表了不同的心理冲突，海德先生是邪恶心理的象征。

　　象征主义中的象征必须通俗易懂，否则，这一形式就会带来矛盾。部分采用了象征，象征也要清楚易懂。比如，我在《阿特拉斯耸耸肩》中先建立起美元符号的象征意义，之后再提及这个符号，意思就很明显。类似的道理，宗教故事中使用的十字架，意义也是显而易见的。如果作者把所有的三角形，或锯短的金字塔形都拿出来，没人知道象征的是什么，就完全超越了理性的边界。没人明白所谓的象征代表什么，就不能称之为象征主义。

　　《阿特拉斯耸耸肩》第二部结束的时候，达格妮追赶高尔特，那个日出的场景用的就是象征主义，甚至还是个很老套的象征。但用在这里挺恰当的，也就可以用。事实上，达格妮很晚了才去追高尔特的飞机，但高尔特必须朝东出发（我之前有意步步铺垫了这一点）。从象征的角度而言，在这之前，达格妮一直都处于黑暗的状态，但现在她要看到日出了，而日出的第一缕光来自高尔特所乘飞机的机翼。

利用日出或其他形式的光亮作为美好或启示的象征，这是俗套。但是，爱情就是这样的俗套，你没法避免。你用了之后，会不会成为俗套，要看是否能给主题带来新鲜感。

本来是现实主义的故事，非要引入一组意象，这就不好。比如，有些书中安排了梦境，设计的是象征意义，但象征的是什么呢？表现得却不清楚。这样混用就不好，破坏了故事的真实性。（但音乐剧可以用。音乐剧百无禁忌，唯一的规则是要有想象力。）

悲剧和负面的表达

文学作品的悲剧结局要有正当的理由。《我们活着的人》的悲剧结尾是为了表明：即便最坏的情况也不能摧毁人类的精神，即便有糟糕的自然偶发事件或他人的恶意也不能击败人类的浩然正气。借用《阿特拉斯耸耸肩》中高尔特说的一句话："这样的苦难不是价值所在，人类对抗苦难的斗争，才是价值所在。"

从文学的角度，你想呈现什么，就可以呈现什么。故事的人物全部遭遇毁灭，主题则是人类注定要走向灭亡，有很多这样的故事，有些还写得很不错。但从哲学的角度而言，为了痛苦而呈现痛苦，是大错特错，这样的故事没有意义。

《我们活着的人》中，好人都失败了。其悲剧的哲学理由是：这本书批判的是书中的国家，而且从形而上的角度展示了人不会被它摧毁。人会被杀死，但不会改变，也不会被否定。女主人公死的时候大放光彩，她在生命的最后时刻肯定了生命，感觉很幸福，因为她知道生命应该是什么样的。

《西哈诺》的悲剧也恰如其分。主人公去世之际，无论是作为情人还是诗人，都未能得志，但他一直到死都坚持自己的价值观。主人公历经磨难，但任何事情都不能击垮他的精神，正是这一点让书中的悲剧得以成立。维克多·雨果的作品一般都是悲剧结尾，他呈现人物经历苦难的手法与我在《我们活着的人》中的方法差不多。即使某个人物遭遇了灾难，其悲剧和痛苦绝对不是终结性的，从形而上的角度而言，悲剧和痛苦并不是最终的宣判。雨果的作品绝不会展示极度恐怖的痛苦状态，而自然主义学派的小说会有这种描写，比如《安娜·卡列尼娜》的自杀场景。（反过来，自然主义学派的小说总是质疑快乐和幸福。）

总而言之，从哲学和文学两个角度而言，只创作负面的东西是不好的。

陀思妥耶夫斯基的例子最能说明问题。他是伦理学家，但从来没能在作品中投射他心目中的善良。（他在几部小说中做过尝试，但没能成功。）但是，展示自己所批判的邪恶，他是大师级的人物。

从某种角度而言，他的虚构作品并不完整。我喜欢他的作品，他的作品展现出了人类的智力和洞察力，也展现了陀思妥耶夫斯基的鉴别力和呈现能力。读完他的作品，读者会有满足感，但这种满足来自对人本性的了解，不是感同身受的满足。读他的书，收获很多，但读完也没有太多启示。

陀思妥耶夫斯基小说的目的不在于艺术，而在于教诲。他的艺术手法很高明，他的技巧让人叹为观止。但是，我们知道他反对什么，却并不知道他赞成什么，他没能表现出自己赞成的内容。（原因是他太聪明，是一个水平高超的艺术家，但无法成为一个完美的基督徒。）

　　戈雅①则是另一个领域的例子。这位大师擅长表现不可言说的恐惧。他描绘了拿破仑战争在西班牙的恐怖场景。据说他旨在批判战争的恐怖，从传记中的记载来看，这也许是真的。但是，我还是要质疑戈雅的动机，质疑陀思妥耶夫斯基的动机。无论艺术家本人是否意识到，他们都在展示自己的价值观，整部作品全部用于展示邪恶，这需要在一定程度上迷恋邪恶、需要在一定程度上把邪恶当作一种价值。陀思妥耶夫斯基公开投射了这种迷恋。

　　我阅读小说只有一个目的。对我而言，无论什么样的文学技巧也不如这个目的重要。

　　我阅读小说的目的是：见我想在真实生活中见的人，经历我想经历的生活。有些人说，这只是小说的某种用途，但我觉得不是。如果为了其他的目的，非虚构作品更好。如果我想了解学习，我会去阅读非虚构作品。但是，在这一领域，艺术的地位，尤其是虚构作品的地位，不可取代。

　　这是艺术的主要目的，这也是我个人最喜欢的、唯一重要的部分。

　　我不想经历陀思妥耶夫斯基故事中的事。我非常仰慕

---

① 戈雅（Goya，1746—1828），西班牙浪漫主义画派画家。——译者注

他，但这并不是文学上的仰慕。我不喜欢他的故事。我喜欢维克多·雨果的故事。我并不认同雨果的观点，也不总是赞同他的悲剧结尾，但他笔下的人物和事件是我最想看到或经历的。

这是我个人对文学的欣赏。我可以从各个方面捍卫证明我的标准。

这门课就是部分证据。

图书在版编目（CIP）数据

安·兰德的小说写作课 / (美) 安·兰德著 ; 熊亭玉译. -- 北京 : 九州出版社, 2022.10

ISBN 978-7-5225-1131-3

Ⅰ.①安… Ⅱ.①安… ②熊… Ⅲ.①小说创作—创作方法 Ⅳ.①I054

中国版本图书馆CIP数据核字(2022)第158147号

著作权合同登记号：01−2022−6436

安·兰德的小说写作课

作　者	［美］安·兰德 著　熊亭玉 译
责任编辑	王　佶　周　春
出版发行	九州出版社
地　址	北京市西城区阜外大街甲35号（100037）
发行电话	（010）68992190/3/5/6
网　址	www.jiuzhoupress.com
印　刷	北京天宇万达印刷有限公司
开　本	889 毫米 × 1194 毫米　32 开
印　张	8.5
字　数	128 千字
版　次	2022 年 10 月第 1 版
印　次	2023 年 2 月第 1 次印刷
书　号	ISBN 978-7-5225-1131-3
定　价	56.00元